suhrkamp taschenbuch 784

Ernst Weiß

Gesammelte Werke

Herausgegeben von

Peter Engel und Volker Michels

Band 1

Das Buch handelt von einem jungen Strahlenphysiker, der an die Galeere seines Ehrgeizes, einer gestörten Mutterbeziehung und einer egozentrischen Bindung an drei Frauen gefesselt ist. »Mit klinischer Genauigkeit und dichterischer Intensität hat Ernst Weiß hier ein Ich in Frage gestellt«, urteilte Berthold Viertel: »Das Buch ist eine große Zeitfrage, die Zuspitzung des Ichs, für die Ich-Krankheit, die Neurose begabter Menschen von heute, überaus symptomatisch.«
1914, ein Jahr nach der Erstveröffentlichung, schrieb Franz Kafka: »Man muß durch das Konstruktive, welches den Roman, wie ein Gitter, überall, rundherum umgibt, den Kopf einmal durchgesteckt haben, dann sieht man das Lebendige wirklich bis zum Geblendetwerden.«
Ernst Weiß wurde am 28. August 1882 in Brünn/Mähren geboren. Am 15. Juni 1940, dem Tag nach dem Einmarsch der deutschen Truppen in Paris, nahm er sich das Leben.

Ernst Weiß
Die Galeere

Roman

Suhrkamp

Die Erstausgabe erschien 1913 im S. Fischer Verlag, Berlin
Umschlagabbildung:
Christian Schad. Graf St. Genois D'Anneaucourt (Ausschnitt), 1927.

suhrkamp taschenbuch 784
Erste Auflage 1982

Druck: Nomos Verlagsgesellschaft, Baden-Baden
Printed in Germany
Umschlag nach Entwürfen von
Willy Fleckhaus und Rolf Staudt

3 4 5 6 7 8 – 05 04 03 02 01 00

Die Galeere

I

Doktor Erik Gyldendal ging jetzt langsam die Prater-Hauptallee hinab; es war gegen halb sechs Uhr abends. Er liebte es, andern Leuten beim Tanzen zuzusehen, konnte stundenlang beim »Prochaska« oder bei der Wirtschaft »Zum Vater Radetzky« stehen und den böhmischen Köchinnen, den Wiener Stubenmädchen und den slowakischen Bauerntöchtern zusehen, wie sie mit Soldaten der verschiedenen Regimenter Polka, Walzer und die »Beseda« tanzten. Das war etwas, was seine Kusine nicht verstehen konnte. Wenn ihr Bruder (zur Zeit, als er beim Train diente) mit seiner Geliebten in die Praterbuden tanzen ging, weil an Wochentagen in Wien sonst nirgends getanzt wurde und er sich an Sonntagen der Familie widmen mußte, so bewunderte sie ihn (wie alle jungen Mädchen ihre Brüder, solange sie »Einjährige« sind) – aber dastehen, ganz in den Staub eingehüllt, den die schweren Stiefel aufwirbelten, bis in die feinsten Fibern erschüttert von dem Dröhnen und Zittern des Fußbodens – das erschien ihr im höchsten Grade häßlich und unästhetisch.

Aber die Leute kamen erst um sieben Uhr in die Tanzbuden (nach Ladenschluß und nach der Befehlsausgabe) – Gyldendal hatte also noch Zeit. Er kehrte um. Seit drei Nächten hatte er nicht geschlafen; das sah man ihm an, wenn er seine hünenhafte Gestalt über die grünen, laubbeschatteten Wege schleppte. Sein Gesicht war fast grau und seine Unterlippe zitterte unaufhörlich, wie wenn er an irgend etwas angestrengt dächte. Aber es war nur der Gedanke an Schlaf, der ihn beschäftigte. Er dachte: Wenn ich jetzt im kühlen Zimmer wäre – die Rolläden wären herabgelassen – da würde ich schlafen, schlafen, schlafen! Aber das war eine Täuschung – das wußte er; wenn er jetzt nach Hause fuhr, daheim war er wieder wach, unerträglich wach, jeder seiner Nerven hatte wieder die gequälte Lebendigkeit, das unwillkürliche Zittern und Zucken, alle infamen Martern, welche sein Schicksal waren seit einem halben Jahr. Zu oft hatte er die Probe gemacht. –

Plötzlich hörte er sich angerufen: »Herr Gyldendal!« Er wandte sich um, wollte nach dem Hut greifen, besann sich, steckte die Hand wieder in die Tasche und ging weiter, den gleichen Weg, den gleichen Schritt, die gleiche Maske auf seinem Gesicht. Dina Ossonsky kam ihm schnell nach, ging neben ihm her, sah ihm von unten her in das erstarrte Gesicht und versuchte selbst zu lächeln.

»Kennen Sie mich nicht mehr?« fragte sie.

Gyldendal zog den Hut und wandte sich ab. Dina kam ihm nach, schweigend gingen sie nebeneinander her. Sie war hübscher geworden seit dem letzten halben Jahr, seit dem letzten »Adieu auf immer«.

Sie war sehr elegant in ihrer weißen Spitzenbluse, die so einfach aussah, aber aus echten Brüsseler Spitzen gearbeitet war. – Über ihrem blassen, großäugigen Gesicht schaukelte ein schwarzer Hut mit kleinen dunklen Moosröschen. Und dann lief ein Parfüm neben ihr einher, ganz zart, wie ein Hauch von einer fernen Wiese, die gemäht wird. Ihre Augen leuchteten . . . Sie versuchte ihren Arm in den seinen zu hängen, aber er ließ ihren Arm fallen. So gingen sie nebeneinander.

»Ich muß dich sprechen, Erik«, sagte sie. »Ich darf dir doch noch ›Du‹ sagen? Du hast es mir ja auch gesagt . . . Aber ich möchte nicht hier mit dir sprechen, nicht hier vor den vielen Leuten. Komm zu mir, ich wohne jetzt allein. Janina ist wieder in Odessa, sie läßt dich tausendmal grüßen. Also –

komm zu mir, gleich jetzt; oder ich gehe zu dir, willst du?«
»Ich habe nichts mit Ihnen zu reden, Fräulein Ossonskaja«, sagte er.
»Du«, flüsterte sie, »du – ich tu alles, was du willst. Alles, alles. Ich habe geweint, Gott, die Augen hab' ich mir ausgeweint nach dir, damals, als du fort warst; habe dich gesucht – einmal hab' ich dich in der Universitätsbibliothek gesehen; du hattest den Kopf zwischen die Hände gestützt . . . Und du warst so blaß. Sag', was hast du, bist du nicht gesund? Was fehlt dir? Nicht wahr, du kommst zu mir?«
»Nein.«
»Warum? Glaubst du, daß du mich zurückstoßen kannst wie einen bösen Hund? Sei doch lieb, Erik, du, du! Sieh, wie oft hast du mir das gesagt: ›Sei lieb, sei brav – sei mein Liebling!‹ Und jetzt soll alles zu Ende sein? Nach einem halben Jahr?«
»Du hast es ja selbst so gewollt.«
»Ich habe damals nicht gewußt, was du mir bist. Ich dachte, es würde vorübergehen. Wenn du nur wüßtest, wenn du dir nur vorstellen könntest, was ich gelitten habe!«
»Liebes Fräulein Ossonskaja«, sagte er kalt, »damals haben Sie nicht gewollt, heute . . .«
»Nein, wie hart . . . Wie hart du damals warst: ›Alles oder nichts‹, erinnerst du dich? Ich konnte nicht ›ja‹ sagen, kein anständiges Mädchen konnte ›ja‹ sagen.«
»Nun«, sagte er ironisch, »heute verlange ich es auch nicht mehr von dir; ich habe meinen Irrtum eingesehen. Jetzt solltest du doch zufrieden sein.«
»Nein, Erik, ich werde nie zufrieden sein ohne dich. Ich gebe dir alles; alles verzeih' ich dir – ich habe dich ja mit ihr, mit der Helene Blütner gesehen; alles will ich vergessen, was du mir getan hast, aber du mußt wieder gut zu mir sein.

Ich bin dir ja treu geblieben. Warum quälst du mich? Warum?«
Er geriet in Wut. »Und du? Und du? Ruhe will ich, hörst du? Gar nichts will ich von dir als Ruhe. Laß mich gehen, wohin ich will; ich will nicht mehr mit dir gehen.« Eine Pause.
»Es kann nicht anders sein. Fühlst du das nicht? Nach solch einer Szene, wie der am 26. November, können zwei Menschen nichts mehr miteinander zu tun haben, weder im Bösen, noch im Guten, weder heute, noch sonst.«
»Du kannst ja auf diese Szene stolz sein«, sagte sie.
»Dina, bring mich nicht auf! Du kennst mich nicht!«.
»Ja, Erik, du hast ganz recht; drohe nur; aber ich fürchte dich nicht. Du hast mich unglücklich gemacht – was kannst du mir noch antun?«
Sie gingen schnell die Donaustraße herauf. Plötzlich blieb er stehen. »Ich kann nicht weiter«, sagte er. »Laß mich allein! Seit drei Nächten hab' ich kein Auge zugetan. Ich kann Aufregungen nicht ertragen, ich kann nicht. Wenn du noch eine Spur Neigung für mich hast, ich bitte dich, laß mich allein, Dina!«
Dina senkte den Kopf. Ihr schwarzer Hut mit den roten Samtrosen schwankte. Sie zog ihre langen, grauen Handschuhe aus. Sie reichte ihm ihre bloße Hand, die bloße, kleine, braune Hand, an deren kleinem Finger vier oder fünf Ringe waren.
Er nahm ihre Hand zwischen seine breiten, blassen Hände, die zitterten. »Seit wann trägt Dina Ringe?« fragte er freundlich und doch unendlich fern.
Dina erwiderte sein Lächeln nicht. Sie ging dem Donaukai zu; ihr eleganter schwarzer Taftrock leuchtete durch den Staub. Ihr Parfüm war noch da, während sie schon weit weg war.

»Diese Russinnen können sich doch nie daran gewöhnen, Kleider so zu tragen wie Damen! Wenn es wenigstens auf einer Bergwiese im Ural wäre, daß sie so gingen!« Seine Phantasie war jetzt unglaublich reizbar. Erinnerungen kamen und gingen, freundlich und quälend, wie sie wollten. Er stellte sich alles mögliche vor und war dann gequält durch diese Bilder, die sich jetzt an den geringsten Eindruck knüpften und die doch nicht zu seinem Leben gehörten.
Langsam kehrte er in den Prater zurück und dachte: Schlafen, o Gott, nur eine einzige Nacht wieder schlafen!

2

Erik Gyldendal hatte diesmal keine Freude daran, den Leuten beim Tanzen zuzuschauen. Die kreischende Musik peinigte seine Nerven; in all den lustigen, lebhaften oder müden Gesichtern sah er immer wieder Dinas Züge.
Was er vergessen dachte, längst versunken in den Staub alltäglicher Ereignisse, die kleinen Erinnerungen, die etwas von Komik und etwas von Rührung hatten, alle kamen wieder. Er stand da, an eine Barriere gelehnt, sah lächelnde und verträumte Gesichter im Tanz auf sich zukommen und sich im Tanz von ihm wenden, hörte ganz aus der Nähe die rohe Blechmusik – und dann, in den Pausen, zarte Geigentöne, die von weither über allmählich dunkelnde Wiesen getragen wurden, und all dies war die Begleitung zu der Erinnerung, welche Dina Ossonskaja hieß.
Seit zwei Jahren war Gyldendal Privatdozent an der Wiener Universität. Er las im Wintersemester in einem kleinen Hörsaal, der auf den Maximilianplatz hinausging, jeden Dienstag und Donnerstag von halb zehn bis elf Uhr.
Er wollte ursprünglich die Dozentur nicht. Aber sein Va-

ter, der Bankier Christian Gyldendal, sagte: »Du wirst doch nicht die akademische Karriere zurückweisen? Das darfst du nicht. Du hast dich niemals viel um uns gekümmert. Aber jetzt, tu deiner Mutter die Freude! Sie hat es dir heut noch nicht verziehen, daß du ihr den Tag deiner Promotion nicht gesagt hast und daß sie nicht dabei sein konnte.«
Erik Gyldendal habilitierte sich. Mit einer gewissen Angst hielt er seine Probevorlesung ab: »Über die Röntgenstrahlung und ihre mathematisch-physikalische Grundlage.« Professor Eschenbrand, der Mathematiker, der ihn immer protegiert hatte, klopfte ihm nachher auf die Schulter und meinte: »Bravo, Kollege! Avanti, avanti!« Er war so jugendlich trotz seiner neunundsechzig Jahre. Hofrat Braun, Mitglied der Akademie, berühmt durch seine Arbeiten über Molekularströmungen und über die kinetische Gastheorie, er, der bei den Studenten so gefürchtet und zugleich bewundert war wegen seiner Grobheit, die aber unvergleichlich witzig sein konnte – Braun meinte: »Na, morgen kommen's noch nicht zu uns in die Akademie der Wissenschaften. Aber schauen Sie dazu, daß wir uns später dort wiedersehen. Alsdann servus!«
Und die beiden alten Leuchten der Wissenschaft gingen Arm in Arm fort und überließen Gyldendal den Gratulationen und den unsinnigen Fragen der Verwandten und zahllosen Bekannten der Familie.
Die Gyldendals waren reich; so konnte der alte Herr dem Dozenten ein Privatlaboratorium in einer Villa in Döbling einrichten, die schon seit Jahren von der Familie nicht mehr bewohnt war; dort draußen lebte Erik fast mehr als in der Stadt. Er kam nur an zwei Vormittagen der Woche in die Universität, um dort vor sechs oder sieben Studenten über die seltenen Strahlungsphänomene und deren mathematische Grundlagen vorzutragen.

Wenn er sich von den Händen die Kreidespuren abgewaschen hatte, ging er fort, tauchte unter in dem bewegten, zitternden, süßbeschwingten Leben dieser blühenden Stadt, nicht als Gelehrter, Mathematiker oder Physiker, sondern einfach als Mensch – aber das nur auf Stunden, auf wenige Stunden in Tagen oder Monaten. Alles andere gehörte seiner Wissenschaft.

An einem Vormittag – während Gyldendal lange Reihen von Integralen auf die Tafel schrieb – tat sich die Tür seines Hörsaales auf, und ein junges Mädchen von einer in den Räumen der Universität ungewohnten Eleganz trat ein und schlich sich zu den letzten Bänken.

Gyldendal wandte dieser Dame seine Aufmerksamkeit erst zu, als sie zum dritten- oder viertenmal wiedergekommen war. Da hatte er Experimente mit Kathodenstrahlen im verdunkelten Hörsaal gemacht und beim Herablassen der Vorhänge hatte ihm die junge Dame geholfen.

Gyldendal war geschickt bei seinen Rheostaten, Hittorffröhren, Wehneltunterbrechern, bei all den überaus empfindlichen Apparaten, die keine Erschütterung vertrugen, aber er war ungeschickt, wenn er einen Vorhang herablassen sollte.

Endlich war es dunkel; draußen rollten unaufhörlich die Räder der Droschken, die elektrische Straßenbahn ratterte vorüber, die Automobile huschten vorbei; in der Dunkelheit des Saales aber sprangen die Funken unter lautem Krachen hin und wider, die dünnen Leitungsdrähte waren wie die Loïe Fuller, die Serpentintänzerin, in einen wehenden Mantel von Licht gekleidet; das war der Strom, der den gebahnten Weg des Drahtes verließ und nebenher hüpfte wie ein Knabe.

Aber dieser tanzende Schimmer war nichts gegen dies ungeheure, intensiv blitzende Licht, das die Röntgenröhre selbst von der Antikathode her ausstrahlte und in mächtigen Wellen hineinwarf in den kleinen Saal, wie ein Feuerwerk, voller Unruhe und getaucht in blaue Glut. Das Unbegreifliche war, daß dieses unbeherrschbar intensive Licht ganz regellos war im Gange seiner Strahlen, daß es kaum einen Schatten warf und sich durch keine Linse, keinen Magnet, keine Vorrichtung den Gang und die Richtung vorschreiben ließ. Man konnte es fühlen, daß dieses ungezähmte, wild durchdringende Licht, vor dessen Bissen kein Körper standhalten konnte, auch in die tiefste Tiefe der Organismen drang und alles Lebende mühelos durchwühlte.

Es war erst kurze Zeit her, seitdem Röntgen diese Wirkung der Kathodenstrahlen beschrieben hatte, die Gyldendal, Braun und Rutherford schon vorausgeahnt hatten. Eine neue Welt war es, ein gefährlicher, unerforschter Archipel, der seinesgleichen nicht hatte auf Erden.

Nach der Vorlesung ging Dina Ossonskaja zum Katheder und half Gyldendal die Meßinstrumente, Röhren und Kontakte wieder versorgen. Als aber das junge Mädchen nach der Röntgenröhre langte, da wurde Gyldendal unruhig: »Bitte, lassen Sie – der Apparat ist unersetzlich – man darf ihn kaum anfassen; denn er ist fast luftleer. Der Luftdruck kann ihn zusammenpressen. Ich habe Karl Unger zugesehen, dem eine ganz ähnliche Röhre zerbrach; es gab eine Explosion, und Splitter drangen in Ungers rechtes Auge; das war verloren, und heute noch fürchtet er für das linke; er hat seitdem nichts mehr gearbeitet.«

Gyldendal und Dina gingen die breite Marmortreppe der Universität hinab. Ringsum war es still. »Man konnte noch viel von ihm erwarten«, fügte er hinzu. Sie schwieg und sah ihn an. So kamen sie bis an die Löwenbastei.

»Ich muß Sie eigentlich um Entschuldigung bitten«, begann dann Dina mit dem harten Akzent der Russen, »daß ich mich nicht vorgestellt habe.« Er sah sie fragend an. »Sie glauben jetzt natürlich, daß ich eine Studentin bin? Sie haben mich für eine Studentin gehalten? Ich bin nichts – mein Name ist Dina Ossonskaja.«

Er gab ihr die Hand.

»Darf ich Sie etwas fragen?«

»Bitte, ich bin ja dazu da«, sagte er, »Ihnen dies alles zu erklären, und es freut mich, wenn jemand Interesse dafür hat. Ich habe sechs Hörer; drei davon sind regelmäßig inskribiert, die andern kommen ab und zu. Das ist wenig für ein Gebiet, das so großartig ist – großartig über alles Bekannte hinaus.«

»Ich wollte Sie nur das eine fragen: Nicht wahr, solch eine Röhre leuchtet nicht, wenn sie voll Luft oder Wasserstoff ist?«

»Sie leuchtet vielleicht auch dann«, sagte er. »Das sind die Geißler-Röhren – die kennt man seit fünfzig Jahren oder hundert; es ist ein hübsches Spielzeug für Kinder unter dem Weihnachtsbaum; aber Kathodenstrahlen oder Röntgenstrahlen entstehen nur, wenn die Röhre absolut luftleer ist.«

»So habe ich es mir auch vorgestellt«, sagte die Russin, »und deshalb haben mich Ihre Versuche so stark interessiert. Nicht deshalb allein. Auch deshalb, weil ich glaube, jede physikalische Erscheinung müßte in der Seele der Menschen etwas Ähnliches haben. Wenn zum Beispiel irgend jemand einsam ist, ganz ohne Beziehungen, ohne irgendeine Interessengemeinschaft mit den andern – ein luftleerer Raum mit einem Mantel von Glas darüber, müßte nicht auch solch ein völlig einsamer Mensch, einer ohne Güte und ohne Haß – einen starken Einfluß auf andere Menschen haben, so daß sein Blick durch sie hindurchgeht . . .? Sie wundern sich, daß ich solch eine Frage an Sie richte, aber ich mußte immer wieder daran denken, seitdem ich diese Röhren sah – und Sie. Ich wollte nicht mehr kommen, und heute kam ich schon zum viertenmal. Sind Sie mir böse?«

»Ich Ihnen böse? . . . nein. Aber soll ich das sein, Fräulein Ossonskaja?«

»Sie lachen über mich?« fragte Dina ganz ernst.

»Nein, ich wollte nur wissen, ob Sie mich für solch einen Menschen halten – für eine luftleere Seele, ganz ohne Güte und ohne Haß – meinten Sie es nicht so?«

»Ja«, sagte sie einfach.

Er sah sie an; jetzt war sie schön, groß und elegant mit ihrem schwingenden Gang, der etwas Leidenschaftliches hatte, mit ihrem Mund, der etwas von Carmen besaß: lieben oder hassen; nur glühen, aber nicht glimmen.

Sie waren tief in die innere Stadt, in die Gegend der Wipplinger Straße, gekommen. »Sie überschätzen mich«, sagte er, »ich bin ein Mensch wie alle andern, wie Ihre Bekannten, wie Ihre Brüder.«

»Ich habe keinen Bruder; ich bin allein, ganz allein. Warum, wieso, das ist eine lange Geschichte – die interessiert keinen.«

»Sie könnten doch Vertrauen zu mir haben«, sagte Gyldendal.

»Ja, ich könnte Vertrauen zu Ihnen haben; ich glaube, Sie sind klüger und vielleicht auch besser als die andern. Aber Sie müssen Geduld mit mir haben, Sie dürfen mich nicht auslachen, wenn Sie sehen, wie wenig ich weiß. Ich kann nicht einmal gut Deutsch oder Russisch schreiben und nicht viel Französisch. Was liegt daran? Was liegt an all den Dummheiten, die man in der Schule und in den Pensionaten lernt?«

Sie standen vor einer Kirche. Inmitten der vierstöckigen Geschäftshäuser, die von oben bis unten mit Firmenschildern aller Branchen bedeckt waren, ragte eine kleine graue, gotische Kirche empor: Maria am Gestade.

»Ich muß Ihnen für heute adieu sagen«, sagte Dina. »Meine Freundin Janina erwartet mich.«

Erik Gyldendal sah Dina an; sie strahlte vor Glück. »Weshalb, weshalb?« fragte er sich.

»Wenn Sie mich wiedersehen wollen«, sagte er, »ich arbeite die ganze Zeit oben in Döbling – aber ich komme Donnerstag wieder her . . .«

»Hierher?« fragte Dina leise.

»Ja, wenn Sie wollen, hierher. Donnerstag um elf. Etwas nach elf.«

Sie gab ihm die Hand. Nach drei Schritten wandte sie sich um, nickte ihm nochmals zu und rief einen Fiaker an, der dann auf seinen grauen Gummirädern bald verschwand.

3

Was für Frauen hatte er vor Dina Ossonskaja gekannt?

In seiner Erinnerung erschienen nun die unendlichen Tage der Jugend, voll von dumpfer Sehnsucht, voll von leise tastender Furcht – Furcht vor den Frauen und Sehnsucht nach ihnen, die er für unsagbar glückbringende Wesen hielt. So lange hielt er sie dafür, bis er – mit neunzehn Jahren – zum erstenmal in seinem Leben unter vier Augen mit einer Frau sprach: Sie hieß Franzi Dollinger.

Sie sah auf der Bühne immer noch sehr jugendlich aus, war aber in Wirklichkeit schon weit über die Jahre der Torheiten hinaus. Er erwartete sie einmal am Bühnenausgang des Karl-Theaters – es schien anfangs wirklich, als ob sie sich über ihn und seine knabenhaft überquellende Liebe freue; denn sie konnte immer noch lächeln, die Franzi Dollinger,

irgendeinem Menschen zulächeln – wenn sie Theater spielte.
Vom Parkett aus sah man die Goldplomben nicht, man sah nicht die Einlagen im künstlich gefärbten Haar. Erik Gyldendal sah das alles, aber er wollte seinen Roman; um jeden Preis.
Er schickte ihr Blumen, holte sie im Wagen ab – wollte mit ihr in die Hauptallee, in die Krieau fahren. – »Was würden die Leute von uns denken?« fragte sie; aber sie nahm seine Geschenke, seine Blumen, seine Liebesbriefe an, die er, fern von ihr, in blinder Ekstase schrieb – denn zu Hause, in seinem rot tapezierten Zimmer, löschte er das Licht aus und dichtete sich in eine stürmische Leidenschaft voll großer Gefühle hinein.
Einmal kam er nachmittags zu ihr – sie hatte sich eben das Haar gewaschen und das hing nun feucht und nach Kamillentee duftend über ihre gestickte Matinee herab – da beugte er sich über sie und küßte ihre Wangen, die schon etwas schlaff waren, und ihre Lippen, die unbeweglich und gleichgültig seine Küsse entgegennahmen, seine ersten Küsse, die Küsse eines Neunzehnjährigen.
Er wurde kühner; sie wies ihn zurück, ganz leicht schüttelte sie ihn ab mit einem halben Ruck ihres weichen, vollen Körpers.
Erik Gyldendal war verletzt, enttäuscht, entmutigt; er fürchtete sich vor der Lächerlichkeit. Franzi sah ihn mit ihren Junoaugen an und machte ihren Zuckermund wie in ihrer Rolle der »Mia« in der »Prinzessin vom Donaustrand«.
»Was willst du denn, Bubi, bist ja noch so jung, hast ja nichts davon!«
Sie nahm seine Hand, sah schmachtend zu dem jungen Millionärssohn auf und sagte: »Was hast denn davon?«

Er glaubte wirklich daran; er nahm ihre Worte für Ernst – und sie hätte ihn doch so gerne glücklich gemacht, mit dem bißchen Glück, das eine Franzi Dollinger noch zu geben hatte. So aber ging dieser Augenblick in schweigender Verlegenheit zwischen ihnen vorbei. Franzi stand auf, nahm ihre rotblonden Haare (sie waren schon ein wenig dünn) zusammen.

»Schämen müßt' ich mich eigentlich, wenn mich jemand so sieht.«

Erik küßte ihr die Hand und ging fort. Schon auf der Treppe bereute er seine Schüchternheit. Aber sie kam nicht wieder, diese Gelegenheit, die noch keiner verpaßt hatte bei der feschen Franzi Dollinger.

Er sandte ihr die Briefe zurück und ihre kleinen Geschenke – und erwartete einen großen Auftritt, eine tragische Szene, in der er ihr alles vorwerfen konnte. Aber nichts kam, sie schwieg; dann ging er mit der beleidigten Wut ganz junger Menschen zu ihr. Sie erschrak, als sie ihm die Tür öffnete; ihr Dienstmädchen hatte Ausgang.

»Sieh da, der Erich!« sagte sie. »Was bringt dich her? Willst deine Geschenke zurück? Ich hab' jeden Tag dran gedacht – aber ich bin nicht dazu gekommen.«

Nein, er wollte nicht die Geschenke, bloß seine Briefe, die er nicht in einer fremden Hand wissen wollte.

Die Silbersachen, die er ihr geschenkt hatte, standen hübsch blank geputzt auf der Kredenz; aber die Briefe konnte sie nicht finden.

Sie suchte sie überall, in der Schublade des Küchentisches, auf dem Nachtkästchen, unter ihren Haarnadeln, in ihrem Necessaire, und fand sie nirgends; schließlich rief sie ihn aus dem Salon, wo er ungeduldig wartete, in ihr Schlafzimmer, wo der Schreibtisch stand, und dort räumten sie nun der Reihe nach alle Schubfächer aus, fanden alte Verträge,

Juxartikel, Photographien aus vergangenen Jahren, Textbücher von Operetten mit Widmungen, alte Federschachteln, Rechnungen für Blumen, all den Kram, der sich angesammelt hatte – und während sie beide an dem heißen Sommernachmittag die Sachen auspackten, kam die Dollinger in Stimmung und erzählte ihm Anekdoten von »Papa Strauß«, der ihr nach einer »Fledermaus«-Aufführung gesagt hatte: »Meine Franzi, das ist doch ein Prachtmädel! Was? So sollte meine Tochter sein.« Sie erzählte entzückend, und beide lachten; die Briefe fanden sie natürlich nicht.
»Weißt was«, sagte sie endlich, »ich koch' dir einen guten Kaffee, das ist schon etwas für die dalkerten Briefe. Einen Kaffee von der Franzi Dollinger hast sicher noch nicht getrunken!« Erik Gyldendal sagte zu – nach zwei Stunden verabschiedete er sich und mußte zugeben, daß er sich noch nie so gut amüsiert hatte wie an diesem Nachmittag. So endete die tragische Szene und sein erster Roman.

4

Sein zweites Erlebnis war das Stubenmädchen seiner Mutter; eine kleine Slowakin mit sehr brauner Haut und wilden, weißen Zähnen. Die Haare hatte sie ganz dicht geflochten; sie hatte viel Haar, aber ihre Zöpfe sahen aus, wie aus schwarzen Schuhbändchen geflochten.
Trotzdem verliebte er sich in sie; er hatte ja beide Hände voll von Zärtlichkeit und gab sie jedem, den er gerade traf. Während sie auftrug, sah er sie an und freute sich, wenn sie rot wurde. Hinter der Portiere zum Salon haschte er im Vorübergehen nach ihrer Hand, die sie ihm entzog. Schließlich verstanden sie einander doch. In ihren Augen

war Erik Gyldendal ein gnädiger Herr, beinahe ein Herrgott. An einem Sonntagnachmittag – es war Besuch da – küßte er die kleine Slowakin.
»Hör zu«, flüsterte Erik, »heute abend komm' ich zu dir. Marie hat Ausgang, sie ist nie vor elf Uhr zurück . . . Nicht wahr? Laß die Tür offen!«
»Aber gnädiger Herr . . .«
Er sah sie an; sie zitterte und schwieg; dann besann sie sich und rannte in die Küche, um den Tee nicht zu lange kochen zu lassen. Das Dienstmädchen hatte den Sieg über das Weib in ihr errungen; aber abends in der Freude, in der Angst, in der stummen Erwartung, da war sie es wieder, war es vielleicht nie früher, nie später so wie an diesem Tag.
Erik war den ganzen Nachmittag über sehr nervös, aber seine Tante und die hübsche, rothaarige Kusine fanden ihn geistreich. Sein Herz klopfte; aber er bezwang sich und sprach von dem Gymnasium und von tausend Nebensächlichkeiten. Dann zählte er die Stunden, lief in seinem Zimmer hin und her, denn solange er sich bewegte, fühlte er nicht das bösartige Pochen des Herzens. Um halb elf zog er die Schuhe aus und schlich sich zu dem Dienstbotenzimmer; er öffnete die Tür, sah Bronislawa im Schein einer kleinen Petroleumlampe in ihrem Bett, die beiden Hände vor dem Gesicht gefaltet. Unter dem Polster lagen zwei Orangen, Geschenke der Schwester, die damit im fünften Bezirk hausieren ging.
Erik stand beim Bett. Mit gierigen, brutalen Händen riß er die Decke von dem Körper der Schlafenden. Die Slowakin erwachte, erkannte Erik anfangs nicht – dann schlug sie um sich und kratzte ihn mit ihren schwarzen Nägeln, mit den Nägeln ihrer abgearbeiteten Dienstbotenhand ins Gesicht. Er packte sie an den Handgelenken, es entspann sich ein Kampf zwischen ihnen, eine abstoßende und lächerliche

Szene, stumm, ohne Worte, in dem Halbdunkel des Dienstbotenzimmers der Slowakin. Sie war stärker als Erik. Sie würgte ihn an seinem Halskragen, und er mußte sie loslassen. Tiefatmend standen sie einander gegenüber.
Da wandte sich das Mädchen zur Wand, begann tief zu schluchzen in ihrer Hilflosigkeit, in ihrer Sehnsucht nach ein bißchen Liebe, nach einem guten Wort ... sie weinte, wie jede Frau, die getröstet werden will.
Eine rotgemusterte Bettdecke war zur Erde gefallen; Erik sah Bronislawas jungen, schönen Körper unter dem kurzen Hemd – alle Konturen, die etwas gelbliche Farbe ihrer Haut – die braunen Flecken über beiden Knien und die grün und rot geringelten alten Strümpfe an ihren Füßen.
Wie schmutzig sie sind, dachte er; er war voll von Ekel und körperlichem Widerwillen. Ohne ein Wort zu sagen, ging er fort und ließ sie weinen, schluchzend, stoßweise weinen. Er schlich sich fort, leise, auf den Zehen, und war überzeugt, daß niemand davon wüßte.
Bronislawa Novacek weinte die ganze Nacht hindurch und kündigte am nächsten Tage den Dienst.
In dieser Zeit begann Erik Gyldendal schlecht zu schlafen – und diese Nacht war die erste schlaflose in seinem Leben.
Er legte sich sofort zu Bett, starrte mit offenen Augen zur Decke, überlegte alles noch einmal, sah wieder die schmutzigen Füße des siebzehnjährigen Bauernmädchens vor sich. Als die Uhr zum zweitenmal schlug, dachte er: Es ist halb zwölf, und ich schlafe noch nicht? Aber er schlief auch um halb eins nicht. Er bereute jetzt seine Härte, seine Kälte – dachte daran, nochmals in das Dienstbotenzimmer zu gehen und die Wangen der Slowakin zu streicheln, die ihm zuliebe die Tür offengelassen hatte, wartend im Lichte der kleinen Petroleumlampe, bis er käme. Und inzwischen war sie eingeschlafen, er beneidete sie mit ganzer Seele um

diesen Schlaf, er beneidete alle Welt um den Schlaf, er geriet in eine fürchterliche Wut darüber, daß alle andern ausruhen sollten, nur er allein nicht. Er wollte auf einem Klavier mit beiden Fäusten darauflosdonnern, keiner sollte schlafen, wenn er selbst nicht schlief.

Er stand auf, ging ans Fenster und sah lange in die blinkende, tiefe, gleichsam gelähmte Sommernacht hinaus – so lange, bis es dämmerte und Tag wurde. Er hatte später noch ein paar schlaflose Nächte, war dann bei Tage gereizt, unruhig und konnte nicht arbeiten. Zu dieser Zeit begann die Wissenschaft in seinem Leben eine Rolle zu spielen. Eine ungeheure Welt tat sich ihm auf, die erobert sein wollte, die alle Kräfte verlangte, Energie, Klarheit, Tiefe – und so zwang er sich mit einer unerhörten Anstrengung zur Arbeit. Es gelang ihm. Er studierte durch sechs Jahre fast täglich bis tief in die Nacht hinein, experimentierte, machte Reisen nach Paris zu Curie, nach Berlin, zu Sabouraud in Lyon, nach London zu Rutherford, nach Würzburg zu Röntgen. In sein Abteil erster Klasse nahm er seine wissenschaftlichen Zeitschriften und Bücher mit; er lief der mit kolossalen Schritten voraneilenden Wissenschaft nach und bekam einen Vorsprung vor all den andern. Er fand Neues, begriff alles bisher Gefundene, er lebte nur seiner Wissenschaft und ging ganz in ihr auf. Er hütete sich vor allen fremden Eindrücken, er fürchtete die Erotik, er vermied jede starke Aufregung, jedes Mitleid, jede Mitfreude.

Da wurden seine Nerven ruhig, gehorsam, untertänig wie Haustiere. Er schlief Nacht für Nacht tief und mühelos, er hielt die Überanstrengung seiner geistigen Tätigkeit leicht aus. Er fühlte sich durchaus gesund. Aber Dina hatte recht. Er war der Mensch, der aus seinem Innern alle Gemeinsamkeitsgefühle und Interessen ausgepumpt hatte, wie die Quecksilberluftpumpe und der elektrische Motor alle Luft

aus der Röntgenröhre pumpt. Er war Egoist durch Anlage und durch Entwicklung.
Die junge Russin kam; er traf sie bei der Kirche »Maria am Gestade«, sie gingen Hand in Hand spazieren – sie erzählte ihm alle möglichen Dummheiten, einmal war sie in die Universität gegangen und hatte die erste beste Tür geöffnet (genau so, wie sie es bei Doktor Erik Gyldendal getan hatte). Da war ein alter Professor, der vor drei Studenten orientalische Sprachen vortrug. Sie war die vierte. Eine Stunde lang mußte sie nun dasitzen und hören, welche Differenzen die einzelnen persischen Dialekte untereinander aufwiesen; dabei verfolgten sie die verwunderten und erfreuten Augen des alten Gelehrten. Ein andermal kam sie zu einem Germanisten, der von Richard Wagner und seinen Schlafröcken aus rotem Samt erzählte. »Und wenn er tausend Ellen roten Samt für seine weihevollen Kleider braucht, die deutsche Nation bewilligt sie ihm, wenn er eine ›Götterdämmerung‹ schreibt«, diktierte der Germanist.
Ja, das war amüsant.
»Auf Abenteuer ausgehen«, nannte sie das, sie lief überall umher, staunte, freute sich wie ein Kind, wie ein Barbar über alles mögliche, das ihr auffiel. Sie kannte Wien sehr gut, viel besser als Gyldendal. Ihre Eltern wohnten in London. Sie hatte ein großes Vermögen, lebte aber sparsam, weil sie von nichts wußte, das sie sich hätte kaufen sollen.
An einem Regentage gingen sie in das Laboratorium in Gyldendals Wohnung. Er zeigte ihr alle Apparate; aber es machte wenig Eindruck auf sie.
Sie waren einander schon zu nahe, als daß irgend etwas Fremdes, Unpersönliches ihr Interesse hätte wecken können.
Sie schwiegen beide. Eine schwüle, bedrückende Wolke wuchs aus diesem Schweigen empor. Sie verabredeten ei-

nen Ausflug für den nächsten Tag. Sie trafen sich dann um sieben Uhr früh bei der Haltestelle der Stadtbahn »Nußdorfer Straße«. Dina, in einen grauen, englischen Paletot gehüllt, erwartete Erik.

Sie nahmen eine Karte nach Hadersdorf-Weidlingau.

»Können Sie sich vorstellen, daß wir jetzt nach Paris fahren?« sagte sie. »Oder nach den Kanarischen Inseln . . . und nie wiederkommen, hören Sie, nie!« Er antwortete nicht.

»Woran denkt der Herr Dozent?« fragte sie.

»Ach, Fräulein Ossonskaja«, meinte er, »fragen Sie mich nicht! Ich würde Sie ja doch nur langweilen.«

»Wie Sie wollen«, sagte sie kurz.

Sie stiegen in Hütteldorf um; der Einhalbacht-Uhr-Schnellzug nach München und Paris kam eben heran, hielt, glitt leise wieder vorbei.

»Morgen um sechs Uhr früh ist er an der gare de l'Est«, sagte er und sah nach der Uhr.

Sie schwieg. Erst in Hadersdorf, einem ganz kleinen Villenort, mitten in dem herbstlich verlassenen Wald, begann sie zu reden.

»Eigentlich ist es eine Grausamkeit, daß Sie die armen Tiere, die unschuldig gequälten Kreaturen martern!«

Sie meinte die drei Meerschweinchen, die Gyldendal täglich eine Stunde lang mit Röntgenröhren bestrahlte.

»Nennen Sie das grausam? Die Tiere spüren ja nichts.«

»Woher wissen Sie das?« sagte sie eigensinnig.

»Haben Sie denn nicht gesehen, daß sie ruhig ihren Kohl und Hafer fressen, auch wenn die Röhre geht?« antwortete er.

»Sie wissen ja immer alles besser«, sagte sie trotzig.

»Was wollen Sie eigentlich von mir?« fragte er aufgebracht.

»Vielleicht fürchten sich die Meerschweinchen doch vor dem blitzenden Licht?« fragte sie schüchtern. Erik zuckte

die Achseln. Er lächelte leise; und in diesem Lächeln war etwas, das sie erschreckte und zugleich beglückte.
Ob er sie liebte? Vielleicht ja, vielleicht nein. Und doch war sie die erste Frau, die seinem Wesen nähergekommen war.
In einem kleinen Tal, zwischen entlaubten Birken und regenfeuchten Kiefern, war ein dürftiges Kaffeehaus »Zum Sillertal«.
Sie gingen hinein, riefen endlos lange, bis eine verschlafene Kellnerin kam. Sie bestellten: für Dina Tee, für Gyldendal ein Glas Wein.
Inzwischen standen sie vor dem Fenster.
Draußen schichtete ein alter Mann mit einem Rechen feuchtes, purpurnes, safrangelbes, goldbraunes Laub zusammen. Irgendein Vogel schrie durch das Schweigen, durch den Nebel, der langsam vom Boden aufstieg, seinen melancholischen Schrei. Ohne daß sie es wollten, fanden sich ihre Blicke. Sie sahen sogleich wieder fort. Gyldendals Herz begann zu klopfen, wie es nicht geklopft hatte seit dem Tage, an dem er die arme Bronislawa Novacek in ihrem Zimmer hatte küssen wollen. Von einer unnennbaren Kraft getrieben, legte er seinen Arm um Dinas bloßen Nacken. Sie machte sich wild los. Rot, zitternd, aufgewühlt. Gyldendal biß die Zähne zusammen, wandte sich ab.
Da warf sich Dina Ossenskaja an seine Brust und küßte seinen Mund. Erik hielt sie fest und streichelte langsam ihr Haar, ihr dunkles, weiches, feingesträhntes Haar. Er hielt sie an sich gepreßt, selbst dann noch, als das Mädchen mit dem Frühstück gekommen und der alte Mann im Vorgarten draußen verschwunden war.
»Sag', Erik, hast du mich lieb?«
»Ja«, flüsterte er.
»Sag's noch einmal, es ist so süß, das Wort zu hören«, sagte sie.

»Das Wort?«
»Hast du mich lieb? Wirklich lieb?«
»Ja –«, sagte er und log; er wußte, daß er sie nicht liebte. Seitdem sie ihn geküßt hatte, wußte er es.
Sie strahlte vor Glück und ließ seinen Arm an diesem Vormittag nicht mehr los. Sie lehrte ihn russische Kosenamen und lachte, wenn er sie nicht aussprechen konnte. Er küßte sie, und sie erwiderte seine Küsse. Er fühlte seine Sinne aufgeregt, aber sein Herz blieb kühl. Er dachte daran, sich loszumachen, und konnte die Worte nicht finden. Die Szene im Sillertal erschien ihm sentimental und geschmacklos, und doch war sie eine der schönsten seines Lebens.
Aber die Güte andrer machte ihn nicht gut. Dinas Glück machte ihn nicht glücklich. Dinas Instinkt hatte – wie der Instinkt jeder Frau – recht: Er kannte keine Gemeinsamkeit, weder in der Seligkeit noch im Schmerz. Er war ein leerer Raum, luftleere Seele, umhüllt von einem gläsernen Mantel, den nichts durchdringen konnte und der selbst alles durchdrang.
Aber Dina selbst wußte es nicht mehr.
Sie liebte ihn mit der ganzen ungebrochenen, ja barbarischen Gewalt einer ersten Liebe.

5

Sie besprachen ein Wiedersehen für den nächsten Tag um elf Uhr bei der Kirche »Maria am Gestade«.
In dieser Nacht konnte Erik Gyldendal nur schwer einschlafen, und er erwachte beim ersten Schlag der Uhr; er stand auf und stellte den Pendel fest. Es war jetzt ganz still, aber gerade diese Ruhe beunruhigte ihn.
Ohne daß er es wollte, richteten sich alle seine Gedanken auf Dina. Nicht sein Gehirn allein dachte, nein, auch seine

Lippen dachten an den Druck von Dinas Lippen, seine Haare fühlten das feine Streicheln von Dinas Hand, seine Arme schlangen sich eng um Dinas Hals, seine Knie berührten Dinas weiche Mädchenknie.

Sein ganzer Körper dachte an Dina, nur nicht sein Herz. Mit unendlicher Mühe schlummerte er gegen Morgen ein, unsagbar gequält durch diese fremde Welt voller Gewalt und voll von tiefziehenden, schwülen Wolken.

Er träumte: Er sah Dina, aber nicht als Mädchen, sondern als sechzehnjährigen Jungen, halb nackt, mit seidenen, dunkelgrünen Strümpfen, auf denen das Monogramm D. O. in gelber Seide gestickt war. Sie hatte enganliegende Kniehosen aus weißer Leinwand. Um den Oberkörper trug sie eine Matrosenbluse mit blauem Kragen. Er fragte sich im Traum: Woher weißt du denn, daß dieser da Dina Ossonskaja ist? Die Gestalt sah ihn an und sprach zu ihm, ohne daß er etwas hörte. Es war eine gläserne Wand zwischen ihnen. Ihre schlanken Beine mit den dunkelgrünen Seidenstrümpfen glänzten, wie wenn sie eben aus dem Wasser gestiegen wäre.

Er erwachte. Jetzt erinnerte er sich; es war ja ihr Monogramm auf den Strümpfen, D. O. in gelber Seide. Er stand auf, fuhr nach Döbling in sein Laboratorium. Seine Arbeit wartete auf ihn. Und er kam hin, um zu arbeiten. Aber so oft er an Dina dachte, zitterte er.

Ich darf sie nicht wiedersehen – ich kann nicht; was soll daraus werden? Dann wieder kamen Gewissensbisse: Sie wartet auf mich, sie sieht sich nach jedem Wagen um und kann nicht glauben, daß ich nicht komme. Das Warten ist schrecklich, ich weiß es, aber ich kann nicht anders. Er fürchtete, sie könnte zu ihm kommen, und die Türen wurden abgesperrt.

Er ging in sein Laboratorium, ließ die Röhren spielen,

experimentierte, nahm einen Funken photographisch auf. Nach und nach wurde er ruhiger. Er aß mit der Mutter zu Mittag (der Vater war in Paris) und fuhr bald wieder in sein Laboratorium zurück. Dina war nicht gekommen. Es wurde Abend. Gyldendal ging aus, streifte in den herbstlichen Weinbergen umher, kam bis auf den Kahlenberg, wartete darauf, daß er endlich müde würde. Aber er wurde nicht müde. Nachts: Er sah Dina vor sich, Dina im englischen Paletot, wie sie auf dem pylonenartigen Turm der Stadtbahn, hoch oben auf dem Viadukt, stand und auf ihn wartete und ihm weiße Tücher und Spitzen hinunterwarf . . .

Dann wieder waren sie beide in dem Dunkelzimmer, die Röntgenröhren zischten und knatterten und in ihrem blauen, wogenden Licht sah er, wie sich Dina entkleidete. Es ging schrecklich langsam. Der Apparat schickte seine Funken krachend hin und her . . . Dina knüpfte ihre Schuhe auf und sah dabei mit ihren großen Kinderaugen zu ihm empor; die Augen aber hatten etwas Fremdes, Ängstliches und Gespanntes. Nach einer halben Stunde, nach einer Ewigkeit hakte sie ihren Strumpfbandgürtel auf, immer bloß den obersten Haken, der sich dann von selbst wieder schloß.

Es war grauenhaft quälend, dieses verworrene Träumen, all diese schmutzigen, erotischen Gedanken, so quälend, daß Erik Gyldendal aufstand und wie in jener Sommernacht sich aus dem Fenster beugte, vor dem aber keine milde, blaue Finsternis lag, sondern eine kalte, unbestimmte Dämmerung. Unendlich, unendlich lang war diese Nacht. Er schloß kein Auge.

Als er am nächsten Morgen auf die Gasse kam, wankte er. Er rief seinem Kutscher Dinas Adresse zu. Sie wohnte mit Janina zusammen, einer Medizinerin aus Odessa. Ihr Zimmer war sehr groß und sehr einfach. Zwei ungeheure gelbe Lederkoffen standen nebeneinander. Auf dem Tisch brannte ein Spirituskocher. Dina war blaß, hatte dunkle Ringe um die Augen, war aber vollständig ruhig und unbefangen.

Sie stellte Gyldendal ihrer Freundin Janina vor. Die beiden sprachen nun miteinander. Dina räumte das Teegeschirr fort und sah dann plötzlich Gyldendal an, starr und unverwandt. Gyldendal erzählte von seinen Tierversuchen, von den merkwürdigen Erscheinungen, die er beobachtet hatte. Das Blut der bestrahlten Tiere veränderte sich in eigenartiger Weise, die Haare des Felles fielen aus, es waren ganz ungeahnte, meist schädliche Wirkungen dieser noch unerforschten Strahlen.

Die Tiere starben. Alle starben daran.

Janina interessierte sich für diese Experimente und auch für Gyldendal, dessen Existenz sie aus den schlaflosen Nächten ihrer Freundin und aus ihren Aufregungen ahnte. Sie schützte aber als gute Kameradin Vorlesungsstunden vor und ging.

Gyldendal und Dina blieben allein.

»Verzeihen Sie mir, Dina, ich konnte gestern nicht kommen.«

»Bitte, ich habe Sie ja heute nicht gebeten, zu kommen.«

Gyldendal fürchtete, sie zu verlieren; jetzt war er nicht mehr von ihrer Liebe zu ihm überzeugt. Deshalb wurde er milder.

»Aber Dina«, sagte er, »weshalb willst du mir böse sein? Sei doch lieb, sei brav, sei mein Liebling!«

Sie schwieg.

»Komm mit mir«, sagte er, »wir gehen wieder zu der alten Kirche – oder nach Schönbrunn – wohin du willst. – Wenn du wüßtest, wie elend mir zumute ist.«

Sie sprang auf. »Du!?« Es war ein fragender, aus dem tiefsten Grunde der Seele kommender Ton –, »Erik!« sanft, milde, traurig, voller Güte – Mitleid – und voll von Liebe. Sie gingen fort, und Erik fühlte sich ruhiger werden, er spürte nicht mehr die bösartige, wütende Gewalt des geschlechtlichen Wollens. Er war glücklich darüber, daß er ruhig war. Unten bei den Käfigen in Schönbrunn wurden sie beide übermütig, wie Kinder, welche die Schule geschwänzt haben, neckten die Tiere hinter dem Gitter und neckten einer den andern.
Plötzlich holte Dina aus ihrer Tasche ein kleines Päckchen hervor und reichte es ihm hin.
»Was soll das sein?« fragte Erik. »Rate nur«, lachte sie, ganz rot im Gesicht. Es war eine kleine, aus Golddraht gestrickte Börse, welche Dina gestern morgen für Gyldendal gekauft hatte. Gyldendal, beschämt und gerührt, nahm an.
Der Tag war schön, friedlich und herbstlich, voller Milde, feuchtem Glanz und Resignation. Er hoffte, er rechnete auf den Schlaf in dieser Nacht, ja, er war dessen sicher. Er schlief von neun bis zwei Uhr ganz ruhig, aber dann kamen böse Gesichte und Erscheinungen – Begierden von solcher Gewalt, und er stand ihnen so hilflos, so ganz unglücklich gegenüber, daß er sich mitten in der Nacht ankleidete und auf die Straße hinablief und in die innere Stadt ging, endlose Straßenzüge entlang, in denen nur ab und zu ein verschlafener Droschkenkutscher, ein verliebtes Paar oder eine Prostituierte zu sehen war.
Er hatte nie etwas von dieser Art gefühlt. In seinem Leben der Wissenschaft hatte er nie Platz dafür gehabt. Er hatte nie eine Frau berührt; und er begriff es auch jetzt noch nicht, wie man eine Frau umarmen konnte, die man vor einer Stunde nicht gekannt hatte. Er wollte nie von sexuellen Dingen reden hören, es ekelte ihn vor den Worten. Und

nun war er mitten in einer Welt von dumpfen, unbestimmten Wünschen und Begierden. Ihm war, als wäre er ein Kahn, der von der Brandung immer wieder unermüdlich gegen die Felsen des Ufers geworfen wird, der dann zurücksinkt, um nach eine Weile wieder gegen den Stein zu prallen. Auch das Wasser brach sich; auch das Wasser wurde gegen den Felsen getrieben, vielleicht fühlte auch Dina etwas von dieser Gewalt. Aber sie konnte es vielleicht ertragen, überwinden, sich getreu bleiben, ihrer Natur als Weib – er aber mußte Dina besitzen oder zugrundegehen. Das begriff er in dieser schrecklichen Nacht.
Er ging in ein Kaffeehaus, starrte bei seiner Schale schwarzen Kaffees all die fremden Leute an: Dirnen, Kellner, Kutscher, Tramwayangestellte, den Schutzmann, der beim Büfett Glühwein trank, und sah nichts als Dina, Dina, die ihm gehörte und die er besitzen mußte. Eine Prostituierte wollte sich ihm auf die Knie setzen. Er stieß sie weg, so wie er den Kellner weggestoßen hätte, wenn er sich ihm hätte auf die Knie setzen wollen.
Es wurde Morgen, es wurde Tag. Nie war Erik so herzlich, so gut zu Dina gewesen wie an diesem Tage, dem 26. November. Es kam ihm vor, als wäre selbst seine Stimme anders, menschlicher, rührender, weicher als sonst.
Sie fuhren wieder hinaus nach dem Sillertal – das Kaffeehaus war geschlossen –, tiefe Einsamkeit war ringsum – selten ein Vogelschrei –, hohes, feuchtes Laub unter den Füßen, das nach Pilzen duftete. Auf den Wiesen Herbstzeitlosen. Weit in der Ferne tiefgrüne Flecken Nadelwald unter den grauen, verschleierten Laubbäumen.
»Sieh, Dina«, sagte er; er hatte den Arm um ihre Hüfte gelegt, sie trug ihren großen, schwarzen Hut auf dem Arm. »Dina!« er drückte seinen Kopf in ihr Haar und küßte es. Ganz leise war der Ton seiner Stimme. »Sieh, Dina, die

Liebe eines Menschen erkennt man daran, was er dem andern opfern kann.«
»Ja, Erik«, sagte sie.
»Es gibt so viele Arten von Liebe – Liebe, die gerade eine Stunde wert ist oder ein Stück Geld, und eine andre, die alles wert ist – da gibt einer dem andern alles, ohne es sich zu überlegen, aus freiem Herzen, bloß um dem andern Glück zu bringen. Eine Julia . . . ihr Herz – ihren Körper, ihr Leben. Ist das nicht schön?«
»Ja«, sagte Dina leise.
»Und könntest du es tun? Könntest du alles für mich tun, mir alles geben? Du?«
»Wie kannst du nur fragen, Erik?«
»Alles, wie Julia?«
»Ja, alles.«
»Das Herz, das Leben?«
»Ja, alles.«
»Den Körper?«
Dina senkte den Kopf und schwieg.
»Ist das das Wertvollste an dir? Das, was du am schwersten geben kannst?«
»Nein«, sagte Dina, »wenn du eine Schwester hättest, würdest du sie nicht mit solchen Fragen quälen!«
»Und weißt du, ob du mich quälst? Ich will nur das eine wissen, kannst du mir alles geben – oder kannst du es nicht?«
»Nein, ich kann nicht«, sagte sie trotzig. »Ich darf nicht, und ich will nicht.«
»Du kannst nicht«, sagte er böse, »weil du zu feig bist, du willst nicht, weil du herzlos bist, und du darfst nicht, weil du zu dumm bist.«
Dina starrte ihn an, mit großen Augen.
»Ja«, sagte er, »soviel ist dir deine Liebe eben nicht wert.

Die andern haben alles dem Manne gegeben, geopfert, den sie geliebt haben – aber du stehst unendlich hoch über ihnen. Was soll ich tun? Soll ich zugrunde gehen? Ich schlafe nicht mehr, seitdem ich dich kenne, ich bin unglücklich, ich sehe dich immer vor mir, immer, immer dich, ich sehne mich nach dir, nie in meinem Leben habe ich mich nach jemandem gesehnt wie nach dir. Aber du, Dina, bist kalt, du weißt ja nichts davon, was liegt dir daran?«

Sie schwieg.

Plötzlich warf sich ihm Dina an die Brust, wie damals in dem kleinen Kaffeehaus, wo im Vorgarten der Gärtner altes Laub gesammelt hatte.

Er drückte sie an sich, und Minute um Minute blieben sie stehen, aneinandergepreßt. Erik fühlte Dinas junge, zarte Brust, er hörte das Schlagen ihres Herzens. Er flüsterte: »Dinka, süße Dinka, sag' du – –«

»Nein, quäl' mich nicht mehr, ich kann nicht. Ich kann nicht. Ich bin nicht kalt, glaub' es mir! Frag' Janina, sie weiß es, daß ich nicht schlafen kann, so wie du. Aber das . . . nein, ich kann nicht.«

»Soll ich zu einer Dirne gehen, ihr Geld auf den Tisch legen? Soll ich? Schickst du selbst mich hin und wagst noch, mir zu sagen, daß du mich liebst? Nein, solch eine Liebe will ich nicht. Entweder . . . oder . . .«

In Dina ging etwas Schreckliches vor. Ihr Instinkt fühlte: Der Mann, der so zu dir spricht, kann dich nicht lieben. Dein Instinkt hat recht gehabt. Ein Egoist, wie er, liebt dich nicht, wie du ihn. Tu's nicht! Ihr Kopf, ihr Verstand sagte: du verlierst ihn, wenn du ihm nicht alles gibst. Du gehörst ja schon ihm, keinen Mann wirst du nach ihm lieben. Tu's.

Sie schwieg. Ein gutes, ein freundliches Wort von ihm, und sie hätte sich ihm hingegeben, ohne Zaudern. Sie wäre für ihn zugrunde gegangen und an ihm.

Aber ihr Schweigen erbitterte ihn. Er kannte kein Gefühl der Gemeinsamkeit, er verstand sie nicht, so wie er nie in seinem Leben einen andern verstanden hatte. Der luftleere Raum leitete keinen Ton der Außenwelt.

Er war voller Wut: »Jede Dirne ist mehr wert als du«, schrie er. »Die hat wenigstens einmal in ihrem Leben einem etwas zuliebe getan. Aber du willst gleich bezahlt sein. Bezahlt mit süßen Worten und dann mit Treue – nein, nicht einmal Treue willst du, der Ring am vierten Finger ist dir genug. Das willst du? Sag'?

Nein, du bist nicht schlechter als eine Dirne, du bist wie die andern jungen Mädchen aus gutem Haus – ein kleiner, kalter, ein lächerlich armseliger Mensch. Verzeih, ich hab' dir unrecht getan. Auch deine große Liebe ist ein Wort; ich habe bis jetzt daran geglaubt. Jetzt weiß ich, daß du Ehe und Versorgung für Lebenszeit damit meintest, wenn du sagtest: ›Ich hab' dich lieb‹.«

Nie hatte Dina daran gedacht. Der Instinkt in ihr sprach: Wer hat nun recht? Sie antwortete nicht. Mit großen, erstarrten Augen sah sie Erik an und dachte: Du, Dina, vergiß ihn! Du mußt ihn vergessen, du wirst ihn vergessen.

»Entweder – oder!« schrie Gyldendal. »Entweder verachte ich dich, oder du gehörst mir von heute an, so wie ich dir gehöre. Was willst du?«

»Verachtung«, sagte Dina, wandte sich um und ging. Gyldendal krampfte die Hände zusammen, er war leichenblaß; aus dem Rock holte er das goldene Täschchen und warf es mit aller Gewalt nach ihr.

Er traf sie am Rücken. Aber sie merkte es nicht. Stolz, unglücklich und selbstbewußt ging sie den Weg, der so hoch mit altem Laub bedeckt war, daß man seine Spur kaum merkte. »Auf diesen Tag hast du dich gefreut«, sagte Dina leise, »arme Dina!« Und sie warf sich auf den Boden und weinte. –

Der Boden war feucht. Kleine, dürre, braune und weiße Zweige lagen halbentblättert unter dunkelgrünem und lichtpurpurnem Laub. Dina hatte das Gesicht zur Erde gekehrt, schloß die Augen, wollte die Blätter und Zweige nicht sehen, die nun aus der nächsten Nähe so häßlich waren, zerstört für immer – wollte nichts sehen, wollte nicht mehr atmen, auch nicht denken, nicht mehr das Herz in Sehnsucht schlagen hören und nicht mehr in Bitterkeit.

Eine Amsel rief in der Ferne, verstummte plötzlich; dann schwieg der Wald sein unendliches Schweigen. Ganz weit im Tal rollte ein Eisenbahnzug heran, lärmte über die Brücke hin, unter der Dina mit Erik vor einer Stunde gegangen war, Hand in Hand mit ihm, Wange an Wange mit ihm. – Nun hielt der Zug an und pfiff – und dann stieg das Zischen des Dampfes in die Höhe, das dumpfe Dröhnen der Wagen wälzte sich herüber, und dann verstummte alles. –

Die Amsel hatte wieder zu schlagen begonnen und wieder aufgehört. Und dann kamen leiseste Schritte, unhörbar fast, über den Waldboden. Eine wilde Glut stieg in ihr auf. Er sollte es sein, der zurückkam, er mußte es sein – sein fürchterliches Wort konnte nicht das letzte sein in ihrer Liebe. Sie wartete, bis er näher käme, fühlte seine Hand, seine geliebte Hand weich auf ihrem Haar, es war ihr, als müßte sich diese Hand nun und für immer auf ihr Haar legen, als müßte er jetzt neben ihr stehen und alles gutmachen, nein, nicht das – sie selbst wollte ihm sagen, daß sie sich auf diesen Tag unendlich gefreut hatte und ihr ganzes Leben lang auf ihn selbst gefreut hatte, auf Erik, auf den einen, den einzigen – nein, nicht viele Worte, nur ein einziges Wort . . . Stille, tiefe Stille ringsum. Immer noch waren ihre Augen geschlossen. Tief und betäubend stieg der Duft der gärenden Erde zu ihr empor. Der Vogel, der eben herangetrippelt war, flog wieder empor, und seine Flügel rauschten. Er sang. Tief im Wald antwortete ein zweiter, wartete eine kleine Weile, dann begann er wieder. Weit über die kahlen Hänge – im Herbstnebel sangen sich die beiden zu.

Dina richtete sich auf; mit den Augen suchte sie Erik. Sie öffnete ihre Augen und sah ins Leere. Und jetzt erst hatte sie ihn verloren, jetzt erst hatte sie Erik für immer verloren. Erst in diesem Augenblick war alles zu Ende.

6

Es kam eine schwere Zeit für Erik Gyldendal. Die Nerven gehorchten ihm nicht mehr. Die Bestie des Geschlechts, einmal erwacht, ließ ihn nicht zur Ruhe kommen. Aber er glaubte nicht an sie. Er wollte und durfte nicht glauben, daß sie in sein Lebenswerk einbrechen sollte. Er arbeitete ohne Rücksicht auf seine Müdigkeit, ohne Rücksicht auf seine schlaflos überhellen Nächte, ohne Rücksicht auf das Gefühl namenloser Schwäche, das ihn jeden Morgen befiel; er wurde brutal gegen sich selbst.

Er begann viel schwarzen Kaffee zu trinken und starke Zigarren zu rauchen. Das machte ihn wach. Abends nahm er Veronal oder Chloralhydrat. Das machte ihn müde.

So zähmte er die wildgewordenen Nerven und konnte arbeiten.

Es handelte sich ihm um die Wirkung der Röntgenstrahlen auf Tiere, Pflanzen und chemische Vorgänge, um die mathematische Begründung dieser Art von Strahlungsenergie und um ihre Einreihung in das Weltsystem, in seine Anschauung von der Verteilung der Kraft in der Welt. Er hatte Erfolge, seine Arbeiten wurden bahnbrechend; sie wurden nachgeprüft und von allen Seiten bestätigt; an eine einzige seiner Untersuchungen reihten sich im Laufe eines halben Jahres einundzwanzig Veröffentlichungen großer Autoritäten und ihrer Schüler.

Er selbst war allein. Er konnte sich keinen Assistenten nehmen, er wollte es auch nicht, denn er gönnte keinem den Namen, keinem die Rechte eines Kameraden. Man nannte ihn genial, man nannte ihn borniert. Er war beides, wie jeder Mensch, der ungewöhnliche Anlagen auf ein einzelnes Gebiet konzentriert.

Noch einige Jahre und ein Lebenswerk war getan; einige Jahre Kraft, Klarheit, Gesundheit. Aber all dies wollte erkämpft sein, mußte es sein.

Mit ohnmächtiger Wut sah er, wie andere Leute schlafen, sich über Kleinigkeiten freuen und ihr harmloses Dasein in Heiterkeit genießen konnten; er mußte sich alles, selbst den kleinsten Schritt erzwingen. Kaffee wirkte nicht mehr, nun spritzte er sich Koffein ein, und in der letzten Zeit begann er, jede halbe Stunde aufzustehen und an einer Flasche mit Äther zu riechen. Das machte ihn wieder lebhaft und arbeitsfähig. Auch Veronal und Chloralhydrat halfen nicht mehr sicher. Der Schlaf ließ auf sich warten, wenn er ihn am nötigsten brauchte.

Eins blieb noch, das letzte, das stärkste: Morphium, das dem Menschen Schlaf gibt, und Kokain, das ihn anregt und aufregt. Er kaufte Morphium, aber er hatte es noch nicht verwendet, denn er wußte: von dem Augenblick an, da er sich die erste Morphiumspritze unter die Haut stieß, war er als Mensch, als Gelehrter verloren. Ein Poe, ein Baudelaire, ein Wilde – Poeten, Künstler konnten Morphinisten sein, aber ein Physiker, ein Mensch, der exakt, vorurteilslos, durchdringend beobachten und kombinieren mußte, der durfte es nicht. Karl Unger hatte aufgehört zu experimentieren, weil ihm ein Splitter einer Röntgenröhre das linke Auge zerfetzt hatte; die Angst um das rechte hatte ihn hypnotisiert. Auch Erik Gyldendal hatte Angst, tausendmal mehr Angst vor jeder schlaflosen Nacht, vor jedem Schwächeanfall, der ihn dem gefürchteten Morphium einen Schritt näher brachte.

Aber diese infame Angst lähmte ihn nicht. Mit beiden Händen stemmte er sich gegen das Schicksal. Die Angst regte ihn auf, sie peitschte ihn empor, sie spannte seine Nerven bis aufs äußerste an. Nie hatte er großartigere Arbeiten hervorgebracht, nie zielbewußter experimentiert, nie klarer geurteilt als zu dieser Zeit.

In einer Gesellschaft hatte er zwei Schwestern, Waisen, kennengelernt. Die ältere wollte im nächsten Jahr die Maturitätsprüfung am akademischen Gymnasium ablegen und Medizin studieren, die jüngere hatte starkes musikalisches Talent und war auffallend schön.

Helene Blütner, die ältere, kannte etwas von seinen Arbeiten und bewunderte ihn. Auf eine leichte Anregung kam sie in sein Laboratorium, anfangs wöchentlich einmal, später täglich. Sie half ihm bei den technischen Verbesserungen, an denen er arbeitete, schrieb seine Diktate nach, war stets freundlich, fügsam und von unbegrenzter Arbeitskraft. Die große Idee, das neueroberte Gebiet, großartig über alles Bekannte hinaus, schien sie für ihre Mühe und Zeit zu entschädigen.

Sie erzählte ihm die Geschichte ihres Lebens und ihre traurigen Familienverhältnisse. Ihre Eltern stammten aus reichem Hause, waren aber durch ihre romantischen Ideen und ihr »laisser faire, laisser aller« fast um all ihr Vermögen gekommen. Als sie zu gleicher Zeit starben, hinterließen sie den Kindern bloß eine Rente, von der man gerade noch leben konnte.

Erik begleitete das junge Mädchen oft nach ihrer Wohnung in die Sonnenfelsgasse. Auf dem Wege dahin erzählte er ihr vieles, ohne sich klar zu werden, was ihn eigentlich mit ihr verband; und Helene gab ihre Zeit, ihr Interesse, so freigebig, so generös, daß er vergaß, ihr dafür zu danken. Die jüngere Schwester, die klarer, vernünftiger dachte, machte der älteren Vorwürfe, welche diese von sich abschüttelte, ohne auch nur ein Wort darauf zu antworten. Einmal erst hatten Helene und Erik über Gyldendals Vergangenheit gesprochen; es war damals, als sie Dina Ossonskaja begegnet waren.

»Sie war schlecht zu mir«, sagte Erik, »sie ist eine Person, die sich, ihre Reinheit, verkauft, aber ich konnte ihren Preis nicht zahlen – ich konnte mich nicht binden, und am allerwenigsten konnte ich ein Mädchen heiraten, das mir innerlich fremd war. Es ging zu Ende, und es war gut so«, und dann brachte er viele kleine Züge vor, und ohne es zu wissen und zu wollen, schilderte er das Verhältnis derart, als wäre das Recht ganz auf seiner Seite gewesen. »Sie hat mir eine goldene Geldbörse geschenkt, um mich zu ködern«, sagte er. Sie hörte ihm still zu, als er aber vor der Haustür stand, gab sie ihm nicht die Hand. Er erinnerte sich dessen erst, als es zu spät war, und wollte sie am nächsten Tage fragen; da war aber wieder eine große Versuchsreihe im Gang, und er kam nicht dazu.

7

An dem gleichen Nachmittag, an dem Dina Ossonskaja in der Prater-Hauptallee Erik Gyldendal angesprochen hatte, war sein Freund, Doktor Egon Sänger, bei Frau Gyldendal zu Gast.

Egon Sänger war als bettelarmer Student nach Wien gekommen. Später erzählte er oft, daß er nur ein einziges Paar Schuhe hatte, deren Oberleder gerissen war. Deshalb strich er seine weißen Socken an den entsprechenden Stellen mit Tinte an, im Laufe des Tages verschob sich der Schuh, und man sah die weißglänzenden Löcher.
Erik Gyldendal, dem Egon eine Zeitlang sympathisch war, machte ihn mit seiner Mutter bekannt, die ihm Geld gab und Nachhilfestunden verschaffte. Egon erlangte sein medizinisches Doktorat an demselben Tage wie Erik sein philosophisches. Jetzt hatte Egon aber schon die Mittel, sich Lackschuhe und weiße Glacéhandschuhe zu kaufen.
Da die Versuche, die Gyldendal ausführte, zum Teil in das Gebiet der Medizin einschlugen und er gerade damals mit Doktor Sänger ab und zu zusammentraf, warf er ihm Ideen hin, Anregungen, auch Versuchsprotokolle, so wie man einem Hund Knochen hinwirft, manchmal mit einem hübschen Bissen Fleisch daran, manchmal bloß ein nacktes Bein, aus dem sich die Bestie das fette Mark herausbeißen muß.
Egon Sänger, ein Mann von unerschütterlicher Gesundheit und bedeutender Energie, bewies, daß er gute Zähne hatte. Zu Dankbarkeit fühlte er sich nicht verpflichtet. Erik hatte an ihm einen Feind, wie man ihn an allen mittelmäßigen Leuten hat, denen man Gefälligkeiten erweist und die sie nicht erwidern können oder wollen.
Egon Sänger und Lea Gyldendal saßen im Salon bei herabgelassenen Vorhängen und sprachen von Erik.
»Wie geht es ihm?« fragte Doktor Sänger. »Er sieht etwas angegriffen aus, aber Sie wissen, er hat sich auch nie schonen können.«
»Sie sollten ihm doch zureden.«
»Glauben Sie, daß das etwas nützt? Er bildet sich ein, daß

seine Arbeiten ihm davonlaufen, wenn er auf einen Monat oder zwei in ein Sanatorium geht. Ich verstehe doch auch etwas, ich arbeite . . .«

»Sie denken, daß er eine Zeitlang ausruhen muß, daß es wirklich notwendig ist?«

»Gewiß, gnädige Frau, aber er kann es ja kaum erwarten, Extraordinarius und korrespondierendes Mitglied der Akademie zu werden.«

»Das sind lauter Dummheiten«, sagte Frau Gyldendal. »Aber ich dachte, er sei wirklich gesund. Nervös ist er doch nicht?«

»Sehen Sie, gnädige Frau, Sie haben ganz recht, die gewöhnliche Nervenschwäche oder Neurasthenie hat der Herr Dozent nicht. Die wirklichen Neurastheniker sind Leute, bei denen irgendein Rad kaputt ist. Uhren, die immer wieder stillstehen, die man jede halbe Stunde aufziehen muß, reizbare, energielose, ängstliche Naturen. Solch ein Waschlappen ist er nicht. Er hat für das kaputtgewordene Rad sozusagen alle andern in doppelte Energie versetzt, er hat sein Defizit ausgeglichen. Es ist, wie wenn ein Herzfehler kompensiert wird.«

»Darum handelt es sich nicht, Herr Egon«, sagte Frau Gyldendal, »sondern bloß darum, ob mein Sohn seine Laufbahn unterbrechen soll.«

»Ja, das ist eben die Sache; das wollte ich eben mit der kompensierten Neurasthenie erklären. Solange er es aushält, ist es gut; und wenn er es aushält. Wenn er aber zusammenklappt – aus irgendeinem Grunde –, wenn er über etwas stolpert, sozusagen, dann wüßte ich – als Arzt – nicht, was man ihm raten könnte. Dann ist er wohl fertig. Seine Reserven hat er alle schon in der Fabrik, sozusagen; wenn einmal . . .«

»Sie sind sehr geistreich, Herr Doktor, aber sprechen Sie

einmal nicht als Arzt, sondern einfach als Freund unserer Familie; wir haben Sie doch immer zu den Unseren gezählt.«

Egon Sänger lächelte geschmeichelt.

»Ja, gnädige Frau, wenn Sie meine ganz aufrichtige Meinung wissen wollen, ich denke, es wäre gut, wenn er eine Zeitlang, vielleicht ein halbes Jahr, ganz mit der Arbeit aussetzte; ich werde Ihnen gleich sagen, warum. Elend hat er ja immer ausgesehen, trotz seiner prachtvollen Statur, ja, leider, aber unlängst, als ich ihn bei Hofrat Eschenbrand traf, war ich ganz entsetzt. Und ich glaube auch zu wissen, warum. Er lebt nicht normal – er ißt nicht, er arbeitet nicht, er schläft nicht wie ein normaler Mensch. Und das Normale ist doch die Gesundheit, sozusagen. Ich frage ihn – du Erik, was hast du? – Nichts. Übrigens, was tut man gegen einen Abszeß? – und da zeigt er mir seine Hand, die einen komischen Ausschlag hat, und den Unterarm. Auf dem sitzt ein Furunkel. Über den Ausschlag will ich mich nicht äußern, gnädige Frau, ich bin nicht Spezialist, Sie verstehen mich – aber der Furunkel, das war ein typischer Morphiumfurunkel. Die Stelle ist typisch, sozusagen. Eine Handbreit über dem Gelenk.«

»Weiter, weiter«, drängte Frau Gyldendal.

»Was soll ich Ihnen sagen – er hat es zugeben müssen; nur behauptet er, er hätte Injektionen von Koffein gemacht. Aber ein Mensch, der nicht schläft, Koffein! Das ist lächerlich, nicht, gnädige Frau? Koffein, das nur noch mehr aufregt!«

»Ich finde das absolut nicht lächerlich«, sagte Frau Gyldendal. »Sie denken, daß er Morphinist ist?«

»Ich bin davon überzeugt«, sagte Egon Sänger.

»Kommen Sie, Egon!« Sie stand auf.

Sie traten in Eriks Arbeitszimmer. Das war ein großer

Raum mit roten Tapeten, der auf den Garten der Villa hinausging. In einer Ecke ein Schlafdiwan; überall Bücher, die Sitzungsberichte der Kaiserlichen Akademie der Wissenschaften von Wien, Berlin, der Société des Sciences in Paris. Manuskripte, Entwürfe, lange Tabellen von Zahlen, ungeheure Bogen, links oben ein Datum und darunter das Ergebnis der Versuche. Bloß eine Photographie: die der Duse als Francesca da Rimini.

Um all die Papiere kümmerte sich Frau Gyldendal nicht; sie warf die Manuskripte und Tabellen zu Boden, schloß dann mit ihren eigenen Schlüsseln die Schubladen des Schreibtisches auf. Überall waren mathematische, physikalische und philosophische Entwürfe. Egon Sänger stand neben ihr; sein Gewissen war nicht ganz rein; plötzlich aber leuchtete sein Gesicht auf. Triumphierend sagte er: »Hab' ich nicht recht gehabt?«

Frau Gyldendal hatte die Medikamente ihres Sohnes gefunden. »Es sind ungeheuerliche Dosen«, sagte Egon, »wir geben Sulfonal bis zu einem halben Gramm. Das hier sind fünf Gramm. Das ist Morphium. 0,10 auf 10,0. Eine Lösung, wie sie eigentlich nur Tierärzte verwenden.« Er versuchte zu lachen; aber er sah, daß Frau Gyldendal zitterte. Sie hatte die Spritze gefunden, die sich in elendem Zustand befand. Die Kanüle war verrostet, in dem Innern war noch etwas klare Flüssigkeit.

»Sehen Sie, gnädige Frau«, sagte Egon.

Da hörten sie draußen Schritte, und bevor sich Frau Gyldendal von der Erde erheben konnte, wo sie vor den untersten Schubladen kniete, trat Erik Gyldendal ein.

Dinas Erscheinung hatte ihn so aufgeregt, daß ihn die Tänzerinnen und Tänzer bei Prochaska nicht interessiert hatten. Er war früher heimgekommen als sonst. Auf der Stiege hatte er seinen Vater getroffen. Sie hatten sich die

Hände geschüttelt. Der Bankier war in sein Zimmer gegangen, um sich fürs Souper umzukleiden; er kam immer im Smoking.
Christian Gyldendal entstammte einer alten schwedischen Landherren- und Militärsfamilie. Er war arm nach Wien gekommen, hatte sich in dem Bankhaus Jonas Ehrenfeld eine Stellung erworben und die Kusine des Bankiers geheiratet.
Es war eine Liebesehe, Erik war der einzige Sohn.

8

Mit einem Blick hatte Erik Gyldendal die Situation übersehen. Er ging auf Egon Sänger los, der klein, kahlköpfig, verkrochen in seinen schwarzen Cutaway, sich duckte.
Wie einen jungen Hund packte ihn Gyldendal. Er sagte das einzige Wort: »Hinaus!«
»Hier habe ich zu befehlen«, sagte Frau Gyldendal.
»Dann gestatte, daß ich mich entferne«, sagte der Sohn.
Der Arzt: »Ich will nicht länger stören.«
»Du wirst bleiben, bis ich mir dir gesprochen habe. Erik, was geht da vor? Mir verheimlichst du deinen Zustand? Hast du kein Vertrauen zu deiner Mutter?«
»Seit wann hast du dich um meinen Zustand gekümmert? Ich verstehe nicht, daß du auf diesen Gedanken kommst.«
»Wie kannst du dich unterstehen, gegen deine Mutter einen solchen Ton anzuschlagen? Das ist infam . . .«
Bankier Christian Gyldendal trat ein, schwarz gekleidet, mit gepflegter Eleganz in allen Bewegungen; ein Aristokrat der Börse.
Egon Sänger fand es geraten, zu verschwinden.
»Das ist meine Sache«, sagte Erik kurz.

»Deine Sache?« lachte Frau Gyldendal in Wut. »Was bist du eigentlich? Worauf bildest du dir etwas ein? Als meine Brüder so alt waren wie du, haben sie Geld verdient. Du hast dir nicht einmal das Geld für einen Teller Suppe verdient!«

»Natürlich! Wirf es mir nur vor!« sagte Erik zitternd vor Aufregung.

»Sag', Christian, hab' ich recht?«

Der Bankier schritt, die Hände krampfhaft auf dem Rücken gefaltet, hin und her, bald nahm er irgendein Buch auf, bald sah er in die Bogen voller Zahlen.

»Wenn dein Vater nicht die Güte hätte, dir Geld zu geben, was wärest du mit deiner Weisheit? Nichts, nichts, nichts. Er hat dir dein Studium bezahlt, all die blödsinnigen Spielereien, die du oben in Döbling treibst. Alles, alles . . . Statt nun in Dankbarkeit zu ihm zu gehen und ihm die Hand zu küssen, bist du frech gegen uns.«

Erik, dessen Nerven durch die schlaflosen Nächte, durch die Szene mit Dina Ossonskaja schwer erschüttert waren, bekam einen Anfall wie ein Tobsüchtiger. Er warf sich auf den Schlafdiwan, wühlte den Kopf in die Kissen und stieß wütend mit allen Gliedern um sich. Dabei stiegen ihm Tränen in die Augen, und er begann zu schluchzen; die Tränen rannen ihm die Wangen hinab. Dabei waren seine Gedanken ganz klar: »Was ist das«, fragte er sich, »werde ich wahnsinnig werden?« Er zerknüllte sein Taschentuch in der geballten Faust, er zerfetzte es mit seinen Nägeln. Dann stand er auf, und während von seinem starren, blassen Gesicht noch Träne um Träne herablief, wollte er fortgehen. Aber die Mutter hielt ihn am Arme fest.

»Du, Erik, das geht nicht! Du mußt mit diesen Dingen, Veronal und Morphium, aufhören. Das ist unanständig. Wir werden dir ein halbes Jahr in einem Sanatorium bezah-

len. Wir werden dich in guter Pflege unterbringen!«
Sie meinte es gut. Erik war verzehrt von Scham. Das ganze, so schwer gehütete Geheimnis seiner Existenz war jetzt gewaltsam vor aller Augen ausgebreitet, zum Gelächter seiner Familie. Sein Weinkrampf erschien ihm unwürdig, mitleiderregend und feig. Beide Hände breitete er über das Gesicht und drängte zur Tür.
»Und was für einen ekelhaften Ausschlag du an der Hand hast! Was hast du wieder angefangen?« Sie wollte die Hand von seinem Gesicht herunterreißen; aber Erik gab nicht nach. Die Mutter geriet in namenlose Wut.
»Ah, du hast wieder einem Dienstmädel den Kopf verdreht, wie damals der Bronislawa.«
Leichenblaß, mit weit aufgerissenen Augen, starrte Erik Gyldendal seine Mutter an. Seine armen, geschändeten Hände fielen von seinem Gesicht herab.
Dieses Schweigen regte die Mutter noch mehr auf. Es war so, wie damals im Wald Erik durch Dinas Schweigen schrecklich aufgebracht worden war; sie waren ein gewalttätiges Geschlecht, Mutter und Sohn, und wußten zu treffen, wenn sie es wollten. »Das ist ein Lausbub«, sagte Frau Gyldendal zu ihrem Mann, »das ist ein Lausbub trotz seiner sechsundzwanzig Jahre.« Sie wandte sich ab.
Da verließ Erik seine Selbstbeherrschung. Die Wut schüttelte ihn. Jeder seiner Nerven war vor Aufregung zusammengekrampft – jetzt ging er seiner Mutter nach, packte sie vorn am Kleid. Er hob seine starke Hand zum Schlag und hätte sie ins Gesicht geschlagen, wenn nicht sein Vater, wie ein antiker Gott in der Tragödie, selbst ergriffen von dem Schauerlichen des Augenblicks, dazwischengetreten wäre.
Schweigen.
Er nahm Erik bei der Hand und sagte ganz leise: »Komm mit mir!« Das war das letzte Wort. Er führte den Willenlo-

sen durch den Salon auf die Stiege, die Treppe hinab, vor die Tür.
Da ließ er seines Sohnes Hand los und kehrte um.
Erik stand da, beinahe bewußtlos vor Aufregung, die Wangen noch naß von Tränen, den schönen schmalen Kopf in der freien, kühlen Luft.
Das Stubenmädchen kam die Treppe hinab und brachte den Hut.
»Bitte, Marie, holen Sie mir ein Taschentuch«, – er hatte das seinige zerrissen – »Sie wissen ja, links oben im Schrank.«
Nach zwei Minuten kam sie wieder und brachte es.
»Der gnädige Herr soll so freundlich sein und die Schlüssel heraufschicken«, sagte sie.
Erik gab die Schlüssel zu seinen Schränken. Das Stubenmädchen wartete.
»Was wollen Sie noch?« fragte er leise.
»Auch den Hausschlüssel, bitte«, sagte das Mädchen.
Erik gab den großen Hausschlüssel her. »Ich war dreizehn Jahre alt, als ich ihn zum erstenmal bekam«, dachte er. »Damals hab' ich mich darüber sehr gefreut; ich bildete mir ein, ein erwachsener Mensch zu sein.« Er zog den Hut und ging durch den Vorgarten auf die abendstille Straße.

9

An wen sich wenden? Mit wem sprechen?
Zwingend fühlte er die Notwendigkeit, beruhigt zu werden, gestreichelt zu werden, von einem Menschen, der gütiger war als seine Mutter, fester im Glauben an ihn als all die andern, von jemandem, der ihm Freude machen wollte, ihm selbst zuliebe.
Wer konnte das sein? Einen Augenblick lang tat es ihm leid, daß er gerade an diesem Tage Dina Ossonskaja begegnet

war und sie von sich gestoßen hatte; das war eine Ironie, eine Tücke des Schicksals. Aber war Dina die einzige? Er dachte an Helene Blütner, die jetzt zu Hause war, seine Diktate abschrieb und sich nach ihm sehnte. Sehnte sie sich nach ihm? Weshalb? Weshalb nicht?

Als er unten an der Schwelle des Hauses in der Sonnenfelsgasse stand, war es ihm, als wäre dieses Mädchen sein Schicksal, und die Wendung seines Lebens nähme seine Richtung von ihr.

Er zitterte vor dem Gedanken, anzuläuten, zu warten, die Ruhe, die Schritte, das Klappern des Geschirrs aus den Wohnungen der anderen Parteien zu hören, und Helene Blütners Tür geschlossen zu finden. Er ging auf der Straße hin und her, wartete, gab sich eine Gnadenfrist. Es war fast neun Uhr. Dann überwand er seine Angst, lief die Treppe hinauf und klingelte.

Helene Blütner selbst öffnete; sie trug ein weißes Leinenkleid mit sehr viel Stickerei. Das rotblonde, seidene Haar strebte wie eine weiche, im Winde wehende Flamme empor. Mit beiden Händen ordnete sie es. Ihre Augen, blaue, tiefe, leuchtende und doch so sanfte Frauenaugen, freuten sich.

»Kommen Sie nur, Herr Gyldendal, es ist schön, daß Sie uns besuchen . . . Edith übt gerade . . . Du Edith, zünde das Licht im Speisezimmer an, bitte. Doktor Gyldendal ist hier.«

Die Töne endloser Etüden verstummten. Erik trat näher.

»Verzeihen Sie, daß ich so spät störe«, sagte er.

»Ach, davon ist keine Rede; ich habe Sie ja schon so oft eingeladen, und Sie sind nie gekommen. Kennen Sie Edith? Ich werde Sie ihr vorstellen.«

Sie gingen durch das große, dämmerige Vorzimmer in das Speisezimmer. Edith, groß, dunkel, wie von Leidenschaft

überschattet, langte mit dem rechten Arm zu dem Gaslüster empor, um ihn zu entzünden.
Es war etwas Strahlendes in diesem emporgestreckten Arm, der einen kleinen Messingleuchter hielt, in diesem gestreckten, wundervollen Körper, dessen Konturen sich in prachtvollem Schwung gegen die dunkle Tapete abhoben.
Erik starrte sie an. Er beneidete Helene, daß sie neben einem so schönen, hinreißenden Menschen leben konnte. Er erinnerte sich der Treppe, einer engen, schmutzigen Treppe, die zu Blütners Wohnung emporführte, bedeckt von Abfällen, ständig vom Staub der Schuhe all der Menschen beschmutzt, und dachte: »Wie schrecklich, daß ein so herrlich schöner Mensch wie Edith Tag für Tag diese Treppe heraufsteigen muß!«
Erik wurde vorgestellt, und das Gespräch kam auf Musik; er bat sie, ihm etwas vorzuspielen. Sie sagte mit fremdem Blick »nein«. Er bat nochmals, dringender – sie sah ihn an, weich, vertraut, wie wenn es heißen wollte: dir allein wollte ich vorspielen, aber nur dir allein.
Schließlich meinte sie, Erik sei sehr verwöhnt und ihre Geige sei unter aller Kritik.
In diesem Augenblick kam ihm die schreckliche Szene des Abends ins Gedächtnis, der Tobsuchtsanfall, die grausamen, brutalen Worte der Mutter, der Weinkrampf und dann die drei letzten schlaflosen Nächte – sie tauchten gleich drei verfolgenden Erinnyen vor ihm auf und verdeckten mit ihren dunklen Flügeln seine ganze Zukunft.
Wohin? Seine Mutter hatte ihn aus der Wohnung fortgejagt, er war mit jeder Faser von seinen Eltern abhängig. Sie waren im Recht, sie alle, Doktor Egon Sänger, seine Eltern. Was konnte er ohne sie tun, ohne Geld, ohne das bißchen Sorge, das sie für ihn übrig hatten?

Ein Gefühl großer Verzweiflung stieg in ihm auf und schlug zusammen über ihm.

Da sah er Helenes Augen auf sich gerichtet, ihre großen, tiefen, leuchtenden, ruhigen Frauenaugen – da fühlte er: deine Heimat ist bei ihr. Deine Ruhe, Ruhe?

Endlich Ruhe, endlich nicht mehr gehetzt von seiner Arbeit, von seinem Ehrgeiz, gehetzt wie ein Galeerensträfling, der unter der Peitsche steht und mit allen, tausendfach angespannten Kräften seine Ruder in die toten Wasser gräbt und sie an sich zieht und sie wieder eingräbt in die widerstrebende Flut.

Ja, sie ruderten schnell, die Galeerensträflinge, sie hatten nichts anderes als ihre Verzweiflung und ihr hölzernes Ruder, da konnten sie weiter kommen und alle andern, Friedlicheren, Schwächeren, Gütigeren überholen.

Es waren die stärksten unter allen Schiffen, die Galeeren, und die schnellsten.

Es schlug zehn Uhr von der Michaelerkirche. Erik Gyldendal wußte jetzt, was er wollte.

»Kommen Sie mit mir, Helene«, sagte er; sie senkte den Kopf und schwieg.

Edith stand auf mit der Bewegung einer zürnenden Göttin, voll von Grazie und Kraft. »Was sagen Sie, Herr Gyldendal? Helene? Jetzt?«

»Ja«, sprach er und sah sie fest an.

»Ich habe über mich selbst zu entscheiden, das weißt du, Edith!«

»Aber sei doch vernünftig, es ist zehn Uhr vorbei. Der Portier sieht dich. Du weißt, die Leute erzählen alles weiter. Und gerade jetzt! Denke doch!«

»Sie sollen nur.«

»Tu's doch um meinetwillen nicht, mir zuliebe!«

»Nein!«

»Du kannst doch den Herrn Doktor morgen früh sehen, wenn es dir Vergnügen macht.«

»Ich bitte dich, gib mir nur den Schlüssel zur Wohnung, um alles andere kümmere ich mich selbst.«

»Nein, den bekommst du nicht. Das bin ich dem Andenken unserer Mutter schuldig und dem Namen, den wir beide haben. An deiner Stelle würde ich . . .«

»Phrasen«, sagte Helene ruhig, »alles Phrasen. Du willst den Schlüssel nicht hergeben. Habeat sibi!«

Sie lächelte Erik Gyldendal zu; beide verstanden das lateinische Wort, aber Edith schien es für die Übersetzung von »dumme Gans« zu halten, denn sie wandte sich ohne ein Wort ab und schlug die Tür zu.

»Bitte, Herr Gyldendal«, sagte Helene. Sie nahm ihren Mantel um, setzte vor dem Vorzimmerspiegel den Hut auf und ging auf der engen Treppe voran, indem sie mit einem Streichhölzchen leuchtete.

Der Portier war verschlafen, sagte »Gute Nacht, gnädiges Fräulein!« wie wenn er damit andeuten wollte, Erik existiere nicht für ihn. Doch ist es immer schwierig, sich in die Psychologie eines Wiener Hausmeisters zu vertiefen.

10

»Und wohin jetzt?« fragte sie.

»Wohin Sie wollen.« Die Apotheke zum »Goldenen Engel« war noch offen. »Sie entschuldigen mich für einen Augenblick?« bat Helene.

Sie kam nach zwei Minuten zurück.

»Sie haben aufgesprungene Hände; ich habe Ihnen Crême céleste gekauft. Das dürfen Sie schon annehmen. Aber Sie müssen jeden Abend die Hände damit einreiben und sie morgens nur mit warmem Wasser waschen. Versprechen Sie mir das?«

Erik blieb stehen. Er erinnerte sich der schrecklichen Worte, die ihm seine Mutter über den Ausschlag seiner Hände gesagt hatte, und war Helene so dankbar, daß er ihre Hand nahm und küßte.

»Was fällt Ihnen denn ein?«

Es war, als hätte er nur auf diese unscheinbare Gabe gewartet, auf diesen leisen Beweis einer sanften, fast mütterlichen Zärtlichkeit. Er begann zu erzählen, zum erstenmal in seinem Leben aufrichtig, zum erstenmal warm, zum erstenmal der Gefährte zur Gefährtin.

Es war keine geordnete Geschichte: Altes, Halbvergessenes, die sentimentale Herzlosigkeit der Franzi Dollinger, dann wieder die ungeheuerliche Szene, die, eben erst vergangen, ihm unendlich lang entfernt schien – endlich, endlich hatte er einen Menschen, hatte er die Treue, Vertrauende, Gütige gefunden, die ihm um seiner selbst willen gut war. Sie sollte ihm Heimat sein, alles wollte er ihr geben, nie wollte er ihr das unbezahlbar hohe Geschenk vergessen, das sie ihm in dieser Stunde gegeben hatte, ihm, dem Verzweifelnden, dem Verratenen, dem Einsamen.

Den ganzen langen Weg durch die Währinger-, Nußdorfer- und Billrothstraße waren sie gegangen, sie wollten einen Wagen anrufen, vergaßen aber im Eifer des Gesprächs daran. Die Häuser an der Straße waren niedrig; vor den Heurigenschenken hingen belaubte, halb verwelkte Kränze und schlugen im Wind gegen stille Fenster.

In verstohlenen Ecken flüsterten Liebespaare; aus den Vorgärten, von den Tischen, wo Leute bei roten Tischtüchern, im Schein von flackernden grünen Windlichtern den dünnen, herben, duftenden Wein tranken, kamen zu den zwei Menschen gesungene Worte und sich überschlagendes, gleichsam tanzendes Lachen heraus. Alles das berauschte selbst von fern. Als zwei Menschen fühlten sie sich. Zwei Dürstende, Einsame, Gewährende, als Erwachende zum Glück. Erik nahm Helenes Arm. Sie schwiegen beide.

Von einem kleinen Platz, wo ein einsamer Brunnen fragend rauschte, ging der Weg durch die Bäume, stieg empor über feuchte, dunkle Holzstufen, vorbei an einer weißen Hütte, die nur ein einziges verschlafenes Fenster hatte, empor zu einer Waldwiese. Es war der kleine Hügel, der Grinzing von Sievering trennt und dessen Gipfel der »Himmel« heißt, ein Name, den irgendein Seliger, von Liebe, Walzermusik und Heurigem Berauschter ihm gegeben hatte.

Wie unsagbar still der Wald war, wie unsagbar still die Straße tief unter ihnen, wie klein die leuchtenden Punkte der Windlichter! Da standen sie auf der waldumrauschten, nachtgetränkten, schwer duftenden Waldwiese; jeder den Kopf gesenkt, jeder versunken in die eigenen Gedanken vom Glück.

Immer, wenn zwei Menschen zugleich an das Glück denken, küssen sie sich; sie küssen sich, auch wenn sie einander nicht lieben. Lange ruhten Eriks Lippen auf Helenes reinem, gütigem, süßem Mund.

11

Sie sprachen nicht mehr viel auf dem Weg zurück.

Sie hatten sich alles erzählt.

Ein- oder zweimal bloß, im Scheine einer gelben Laterne, gegen welche die weichen Blätter der Kastanien schlugen – blieben sie stehen und sahen einer den andern an; und auf ihrer beider Lippen war das starre, rätselhaft-beglückte Lächeln, das die Mona Lisa als Ausdruck ihrer innersten, glühenden Seligkeit trägt und das allen andern Menschen in eine einzigen Stunde, in der ersten, ganz glücklichen, ganz wunschlosen gehört und immer gehören wird.

Sie standen vor Eriks Villa in Döbling, einem alten romantischen Bauwerk, mitten unter Bäumen, mit weißen Mauern, die eine goldene Sphinx krönte. Die Fränkels hatten es von einem exzentrischen, englischen Aristokraten gekauft, der sich hier mit seinem Freund vor der Welt verborgen hatte. Aber Erik trat nicht ein.

»Ich muß dich bis zur nächsten Tramwaystation begleiten, Heli. Du fährst von der ›Hohen Warte‹.«

Sie sprachen flüsternd, als wäre jetzt alles, jedes ihrer Worte Geheimnis geworden für die andern.

Der Wagen der Straßenbahn fuhr vorbei, die Signalscheibe vorn war halb mit einem blauen Glas bedeckt.

»Der vorletzte«, sagte Helene, »weißt du das?«

»Ich weiß«, sagte er leise.

Er nahm ihre kleine, warme Hand, die sich regte wie ein winziges Tier, das entfliehen will und doch bleibt.

Beide atmeten tief; die Akazien dufteten sehr süß.

Da, ein leises Rollen und Sausen, der Leitungsdraht sang, und der letzte, leuchtende Wagen der Straßenbahn, vorn an der Signalscheibe völlig tiefblau, kam heran und hielt.

Noch regte sich die kleine warme Hand in Eriks großer, geröteter, rauher Hand; wie ein kleines, winziges Tier, das entfliehen will – aber es blieb.

Der Wagen klingelte, sauste vorbei, ganz leer, der Leitungsdraht sang noch ein Weilchen, dann wurde es unsäglich still.

Sie gingen beide den Weg zurück.

Schweigend öffnete Erik das eiserne Gittertor und die Haustür. Sie traten in das Laboratorium.

Unter einem Zwange drehte Erik den Motor an; die Fun-

ken der Röntgenröhre zuckten und knatterten, und von der Antikathode her strahlte das wundervolle, grünlich wogende Licht.
Helene war zum Fenster getreten und beugte sich unter die blühenden, herb duftenden Kastanien.
Dann schloß sie das Fenster, legte den Hut fort und senkte den Kopf; die Hände hatte sie um die Knie geschlungen.
Erik trat zu ihr und streichelte ihre Hand.

12

Erik schlief tief, mit seufzenden Atemzügen. Helene saß da, fröstelnd in ihrer Nacktheit, und zog lautlos ihre Kleider an sich heran. Ohne ihn zu stören, stand sie auf, trat zum Fenster. Sie lehnte wieder ihr Haupt in die kühle Nachtluft, wie vor einer Stunde, aber ihr war, als sei eine Ewigkeit vergangen, bis zum Rand gefüllt mit Wonne und Schmerz, wie das Becken eines Springbrunnens, immer wechselnd, immer gleich. Eine Kastanienblüte löste sich im Wind und verfing sich in ihrem Haar. Vorsichtig, als wäre es ein kostbares Juwel, machte Helene sie los.
Eine Uhr, die sie nicht kannte, schlug.
Sie dachte an ihre Schwester, die wohl noch wartete und ruhelos in ihrem Zimmer hin und her ging. Aber sie wollte nie mehr wieder zurückkehren, sie konnte es nicht. Durch Ketten, die weder die Zeit, noch die Gewohnheit, noch ein Zufall lösen konnte, war ihr Schicksal an das Erik Gyldendals geknüpft. Tausendmal stärker war diese Kette als die bürgerliche Ehe, als das Bündnis zwischen Schwester und Schwester, zwischen Mutter und Sohn.
Alle bürgerlichen Verbindungen waren zerrissen unter dem unnennbaren Zwang, der sie und Gyldendal verband.

Denn die Leidenschaft, der Kraft gewordene Wille, die unerbittliche Notwendigkeit hielten sie aneinander. Den Menschen an den Menschen, den Mann an die Frau, den Gefährten an die Gefährtin. Vor zwei Tagen hatte Doktor Egon Sänger, Erik Gyldendals Freund, um ihre Hand angehalten. Damals hatte sie noch nicht gewußt, ob sie Erik liebte, jetzt wußte sie es, und etwas gigantisch Drohendes, die trüb durchscheinende Verzweiflung lag in der allzu plötzlichen Flamme dieser Liebe.

Ehen können gelöst werden; es kommen Kinder, Sorgen werden groß, und die Wirklichkeiten des Lebens entfremden langsam den Gatten der Gattin. Aber in den freien Bündnissen, da werden die Menschen selbst hart aneinandergeschmiedet, durch die verbissene Glut der Leidenschaft, durch den Zauber einer unvergeßlichen Stunde, süß und schmerzlich zugleich.

Mit ganzer Seele gehörte sie dem Mann, dem sie sich gegeben hatte; den sie selbst in die Arme genommen hatte, erobernd, als die erste Frau, die ihn besaß.

Er sprach aus dem Schlaf. »Nein, Fräulein Ossonskaja; das ist infam. Was für Schlüssel?« Die Worte wurden undeutlich. Die Decke war von ihm herabgeglitten. Mit unsagbar weicher Zärtlichkeit breitete Helene sie über den Schlafenden. Sie sah sein Gesicht, die edlen, müden und etwas grausamen Linien, die hohe Stirn, selbst im Schlaf unruhig, das dunkle Haar, das sich schon lichtete. Und aus dieser mütterlichen Zärtlichkeit erwachte ihr Stolz, ihre Sicherheit. Sie wußte, daß sie nie diese Nacht bereuen würde; sie glaubte daran, daß ihr Bündnis, der Bund des Gefährten mit der Gefährtin, wo jeder sich dem andern ganz gab, wo jeder gleiche Rechte hatte, und jeder das gleiche Gefühl – ebenso unerschütterlich fest war wie all die andern Bündnisse, die das Gesetz und die Gesellschaft zusammenhielt.

Jetzt wurde es ruhig in ihr. Ihr Körper hatte Schmerzen, aber ihr Herz freute sich; es freute sich auf den nächsten Tag. Leise schmiegte sie sich an ihren Freund, horchte seinen Atemzügen und schlief tief, traumlos und beglückt bis in den Morgen.

»Willst du mir eine Bitte erfüllen?« fragte sie ihn. Er war glücklich; diese Nacht war die erste ruhige, in sich versunkene, seit einem halben Jahr. »Du weißt, die erste Bitte muß man einer Frau immer erfüllen – und die letzte.«
»Sprich, Königin«, sagte er scherzend, »und wenn es die Hälfte meines Königreichs wäre.«
»Nein, so viel will ich gar nicht. Sieh, wenn ich heute zurückkäme, und all die Leute mich fragten – du – nur auf ein paar Tage möchte ich fort – mir dir, Erik; es muß ja nicht weit sein. Und dann könnten wir alles mitnehmen, auch deine Bücher und deine Protokolle – was meinst du? Wäre das nicht schön?«
»Wunderschön; aber ich muß dir ein Geheimnis verraten. Ich habe nie in meinem Leben Geld verdient, aber immer viel gebraucht. Und jetzt, nach der gestrigen Szene, verstehst du das, mein Liebling, jetzt kann ich nichts mehr von meinen Eltern annehmen.«
»Das alles verstehe ich, natürlich. Aber das ist meine Sorge. Nicht wahr, du machst mir die Freude und bist für diese Zeit mein Gast?. Inzwischen finden wir schon etwas. ›Tout s'arrange‹, sagte meine Mama. Aber wenn wir schon bei den Geheimnissen sind, so weiß auch ich eins. Egon Sänger hat um meine Hand angehalten. Weißt du davon?«
»Und?«
Sie wurde rot. »Ich habe mich gestern noch nicht entschieden. Aber heute möchte ich ihm schreiben.«
Er sah sie fragend an. Sie saßen in dem Garten des Kaffee-

hauses »Hohe Warte«. Kleine Käfer krochen über den braunen Holztisch, und der süße Frühsommerwind scheuchte weiße und blaßrote Kastanienblüten herab – wie in der Nacht auf Helenes goldenes Haar.

»›Nein‹, das einzige Wort schreib' ich ihm. Er ist klug, er wird es schon verstehen.«

»Ich bin einverstanden. Und Fräulein – wohin gedenken Sie zu reisen?« Er zupfte sie lächelnd am Haar, das sie heute nicht so sorgfältig geordnet hatte wie sonst.

»Seien Sie so freundlich, Herr Dozent, und ruinieren Sie mir meine Frisur nicht!« sagte sie. »Das ›wohin‹ findet sich immer; soviel ich weiß, geht ein Zug mit der Westbahn um halb ein Uhr. Willst du den nehmen?«

»Ja«, sagte er. »Ich muß nur zu Hofrat Braun gehen; aber das ist bis halb zwölf erledigt. Und bis dahin hast du alles vorbereitet. Und vergiß die Protokolle nicht.«

Sie schob ihm beide Hände über den runden, etwas feuchten Tisch hin. Er wollte ihre Hände küssen.

»Nein«, sagte sie und bot ihm ihren Mund.

So still war es, so golden das grüne Licht, das durch das Laub der Kastanien fiel.

»Ich war nie glücklich«, sagte er leise. »Nie war ich glücklicher als jetzt.«

Dann sah er sie, wie sie in dem weißen Leinenkleid mit der vielen Stickerei die Stufen hinunterlief, wie ein Kind, das reiche, rotgoldene Haar unter einem schmalen Girardihut. Dann kam die Straßenbahn – so wie gestern nacht, und doch anders. –

Erik blieb noch eine Weile. Sein Glück war so groß, so ruhig, so voll, daß er dachte, er müsse selbst besser werden, weicher und gütiger.

Der Frühlingswind warf ohne Ermüden die Kastanienblüten von den Bäumen, in die leeren Kaffeetassen, die Bienen schwärmten auf Eriks Hut und in die Taschen seines Rockes. Er sehnte sich nach Helene. Er ahnte an der Tiefe seines Glückes die Tiefe der Welt.

13

»Tut mir leid, Freunderl«, sagte Hofrat Braun zu Gyldendal. »Das Radiumbromid ist vergeben; Ihr Kollege, Doktor Sänger, hat es. Es liegt uns natürlich viel daran, daß die Quellen in Joachimsthal verwertet werden; da haben die Mediziner das erste Wort. Aber wozu brauchen Sie es überhaupt? Radiumbromid ist heute für Geld zu haben; und Sie haben ja kolossale Gelder, soviel ich weiß. Denken Sie nur an Christoph, der sich in einem elenden Kammerl zehn Jahre lang geplagt hat und xmal um eine Dotation beim Ministerium eingekommen ist, weil er mit den dreihundert Gulden nichts anfangen konnte! Ja, ich lüge nicht, Christoph hatte jährlich dreihundert Gulden, und was für herrliche Arbeiten hat er damit geschaffen! Ihr, die junge Generation, habt es gut. Ihr Papa schreibt Ihnen einen Scheck, und Sie können sich mit den Röntgen- und Radiumstrahlen beschäftigen, soviel Sie wollen.«
»Er schreibt nichts mehr«, sagte Gyldendal lächelnd.
»Was? Hat er sich die Hand gebrochen?« fragte der Hofrat erstaunt.
»Nein, aber ich kann aus bestimmten Gründen nichts mehr von meiner Familie annehmen.«
»So, so. Das ist unangenehm. Das ist sehr peinlich. Wenn wir das gewußt hätten, so wäre Ihnen das Radiumsalz sicher geblieben; wir wissen ja, was von Ihnen zu erwarten ist, Gyldendal. Sie haben uns keine Schande gemacht. Das ist jetzt schlimm. Aber es gilt ja doch nur auf ein Jahr. Arbeiten Sie an etwas anderm, das weniger in die Zehntausende

geht. Wissen Sie, was ein Milligramm Radiumbromid kostet?«

»Ich weiß«, sagte Gyldendal.

»Aber machen S' doch kein so verteppertes Gesicht«, sagte der Hofrat. »Die bewußte Professur kriegen Sie; ich werde Sie vorschlagen. Der alte Idiot dort arbeitet eh nichts mehr. Sie gehen erst als Extraordinarius dorthin, das andere werden wir schon richten . . . Es hat mir nie jemand mehr leid getan als der arme Christoph mit seinen tausend genialen Ideen und den paar Kreuzern, die er sich überall hat zusammenbetteln müssen. Kennen Sie die Geschichte von der Druckbestimmung in Wassersäulen? Wir haben das mit einer ausrangierten Gasröhre in einem Zinshaus in Favoriten gemacht, die Polizei ist darauf gekommen, beinahe wären wir gestraft worden, weil wir vom löblichen Bauamt keinen Erlaubniszettel hatten. Aber das sind alte Geschichten. Ich werde ein Sammelreferat über diese Röntgengeschichten drüben am Universitätsplatz halten –, vielleicht in drei Wochen. Wenn Sie noch was hereinbringen wollen, schicken Sie es mir. Ihr Phänomen werden wir auch placieren. *Gyldendalsches Phänomen,* das klingt, was? Also, Sie sind zufrieden? Auf Wiedersehen, Freunderl!« Nie war der alte, sarkastische Braun so liebenswürdig gewesen wie heute.

Erik sah seine Arbeiten, – das Dauernde, Beständige an seinen Ideen vor sich, dies Phänomen, das seinen Namen tragen sollte, und fühlte sich glücklich.

Helene war in die Sonnenfelsgasse gegangen. Der Hausmeister, der die Stiege kehrte, grüßte sie nicht. Sie lächelte. Edith war ausgegangen. Die Bedienerin räumte auf; die Wohnung war kühl und verlassen. Sie erschien ihr fremd und doch vertraut, wie jedes Zimmer, das man nach langer Zeit verläßt. Sie packte Kleider und Bücher ein und freute sich auf die Reise.

Dann ging sie zur Bank, mußte endlos warten, bis schließlich die Reihe an sie kam. Zwei Stück Mairente wurden verkauft. Als Helene die vielen Banknoten in ihr Handtäschchen stopfte und überall in den Räumen der Bank Goldstücke klirrten, Papiere knisterten und all die Leute auf dem mit Linoleum bezogenen Fußboden eilig und still daherliefen und flüsterten, wie in tiefem Respekt vor dem Geld, da fühlte auch sie die Macht, die aus diesen Werten strahlte. Aber schon eine Minute später, auf der Straße, die in der Junisonne grelle Lichter und tiefe Schatten hatte, – da war ihr einziger Gedanke der an Erik und der, womit sie ihm eine Freude machen könnte. Sie erinnerte sich, daß er sich einmal einen photographischen Handapparat gewünscht hatte. Sie trat in einen Laden ein und entschied sich trotz leiser Gewissensbisse für ein kleines Kunstwerk, das exakt gearbeitet war wie ein physikalischer Apparat, und dessen großes Voigtländer-Objektiv glänzte wie ein neugieriges Kinderauge. Sie mußte die zweite von den großen Banknoten wechseln. Dann fuhr sie mit der Elektrischen wieder auf die »Hohe Warte«, sammelte alle wichtigen Protokolle und die unentbehrlichsten Bücher.

Sie fühlte sich etwas müde, die Hitze war strahlend, klar und mitleidslos. Dann fuhr sie wieder in die Stadt zurück, kaufte für ihren Freund Gebrauchssachen, einen Strohhut und Seidenhemden bei Rattner, einem kleinen, vornehmen Geschäft auf dem Kohlmarkt, und freute sich darüber, daß sie für ihn denken durfte, daß sie ihm alle kleinen Sorgen abnehmen durfte und das mit ihm teilen, was ihr gehörte. So konnte sie ihm die Mutter, die warme, gebende, sanfte Hand der Mutter ersetzen.

Als sie mit diesen Einkäufen fertig war, schlug die Uhr der Michaelerkirche halb zwölf. Sie mußte nun einen Wagen nehmen, um zur rechten Zeit auf den Westbahnhof zu kommen. Erik wartete, ein wenig deprimiert über das, was ihm Hofrat Braun gesagt hatte, aber auch stolz. Er hatte in all seinen Adern Reisefieber, das er früher bei seinen Reisen nach London und Paris nicht gehabt hatte. Jetzt blieb ihnen gerade noch Zeit für das Mittagsmahl, und dann mußten er und Helene doch endlich besprechen, wohin sie fahren sollten.

Helene wußte von einem kleinen Ort im Gesäuse, Hieflau, dorthin wollte man fahren und von da aus sich weiter entscheiden.

Plötzlich erinnerte sie sich, daß sie ihre Schwester benachrichtigen mußte; auch der Brief an Doktor Sänger mußte geschrieben werden. Sie ließ sich Papier und Feder geben und schrieb draußen auf der Veranda des Westbahnhofrestaurants.

Erik fächelte sie – es war sehr heiß. Jeden Augenblick rollten Fiaker und Autos heran, mit großen, gelben Koffern beladen; die gehörten eleganten Leuten, die in die Bäder fuhren. Im Hintergrund hörte man das Dröhnen der Wagen, das Pfeifen der Lokomotiven, es lag ein Hauch von Romantik und Jugend über der Stunde, – jenes Fluidum, das man Ferien nennt und das eine Anweisung auf Glück ist.

»Meine liebe Edith«, schrieb sie, »ich wollte Dir heute vormittag adieu sagen, aber Du warst nicht zu Hause. Ich will auf ein paar Tage ins Gesäuse fahren. Adresse: Hieflau, Hotel ›Alte Post‹. Schick' mir bitte das Leinenkleid nach, sobald es geputzt ist. Die Wohnungsschlüssel hast Du ja, nicht wahr? Ich freue mich sehr auf die Reise.«

»Von mir schreibst du nichts?« neckte sie Erik.

»Oh, das Wichtigste kommt am Schluß. ›E. G. kommt mit. Helene.‹ Bist du zufrieden?« fragte sie.

»Jetzt den Brief an Doktor Sänger.«

»Doktor Egon Sänger, Wien IX, Grünetorgasse 11. ›Nein. Helene Blütner.‹«
Dann traten beide auf den Bahnsteig hinaus. Der Zug stand schon da, glänzend und elegant, weiße Tafeln an den Waggons. Ein Dienstmann schleppte ihre Sachen heran.
»Ist es dir recht«, fragte sie leise, »wenn wir 2. Klasse fahren; aber wir können die Karten noch umtauschen.«
»Was fällt dir ein, Heli, wie denkst du dir das?«
»Ja, ich weiß, du fährst sonst erster Klasse. Doktor Sänger hat es mir erzählt. Ihr habt so viel Geld, meinte er. Ihm imponiert das Geld, das fremde Leute haben.«
»Aber Liebling«, sagte er, »wenn du wüßtest, wie wenig Ansprüche ich habe! Sicherlich weniger als du, das sehe ich schon an den tausend Kofferln und Packerln, die du hast.«
»Oh, das ist nicht zu viel«, meinte sie. »Ich habe einige Kleinigkeiten für dich besorgt, – und die sind dabei.« »Wie lieb du bist, Heli«, sagte er zärtlich und streichelte ihre Wange. Sie wurde rot. Sie war das junge Glück noch nicht gewöhnt. Sie wußte sich gut zu beherrschen, sonst hätte sie geweint.

14

Markt Hieflau ist ein ganz kleines Nest; eigentlich nur ein ungeheures Hüttenwerk, das Tag und Nacht arbeitet und aus seinen Schloten Rauch und Funken auswirft und dessen Hammerschläge weithin dröhnen – und dann lehnen ein paar kleine Häuschen unter den bewaldeten Felsen. Die Station liegt hart an einem steilen Hang. Die Züge nach Selzthal haben hier ein paar Minuten Aufenthalt, wie um sich auszuruhen, bevor sie sich ins Gesäuse hineinwagen, hoch oben auf schwindelnder Spur über dem grünen Flusse Enns.

Erik erschrak, als er immer wieder hörte, wie Züge dröhnend vorbeifuhren. Und dann kam in unaufhörlichen Wellen das dumpfe Stampfen und Rollen des Eisenwerkes zu ihm hinüber. Es verstummte auch nachts nicht.
Weiß und dann wieder grell gelb, in Funken leuchtend, stieg der Rauch auf, und dann leckte eine flackernde Lohe aus dem ungeheuren Kamin empor.
»Feuerzauber und kein Ende«, sagte er lächelnd zu Helene. Sie drückte ihm verstohlen die Hand. Beide hatten Angst und doch eine unbeschreibliche Vorfreude ... Einer hielt des andern Glück in seiner Hand, und sie reichten sich die Hände. Nach zitternden, beglückten, wunschlosen Stunden schliefen sie ein. Sein Arm schlang sich um ihren nackten Hals. Die Züge der Westbahn, die dröhnenden Hammerschläge des Eisenwerks weckten sie nicht.
Am nächsten Tag begann Erik seine Arbeit für Hofrat Braun über sein Phänomen, die »sekundären Strahlen«. Mit souveräner Sicherheit stellte er Tatsachen an Tatsachen; Ideen und Formeln schlug er wie mit einem Hammer zu einer Einheit zusammen, die etwas Künstlerisches hatte trotz der Einfachheit der Worte und Ziffern.
Er hatte festgestellt, daß die Röntgenstrahlen, wenn sie einmal ein Hindernis durchbrochen, irgendeinen festen Körper durchstrahlt hatten, statt schwächer zu werden, mit vermehrter Kraft ein zweites Hindernis übersprangen wie ein Rennpferd in der Steeplechase, das nach einer Hecke eine zweite mit um so größerer Bravour nimmt. Das ließ sich nur so erklären, daß die bestrahlten Hindernisse selbst wieder mit einer neuen Strahlungsenergie zu strahlen, gleichsam zu klingen begannen, weiter in unnennbare Fernen, hin gegen die Unendlichkeit. Diese große Idee stand unausgesprochen über seiner Arbeit, wie der Himmel über einer Landschaft. Bewundernd sah Helene zu ihrem Freund

auf. Dann wieder konnten sie beide kindisch sein, mittags beim Essen die Gläser tauschen und einander küssen, kaum daß die Kellnerin hinausgegangen war, und sich darüber streiten, ob man die Omelette soufflée bestellen dürfe, die auf der Speisekarte stand, oder nicht. Schließlich setzte es Helene durch, und beide lachten, als auf einem bunt mit blauen und grünen Rosen bemalten Porzellanteller ein enormer Kaiserschmarren erschien. Die Kellnerin war beleidigt, da aber Helene mit den Trinkgeldern sehr generös war, glaubte sich das Steirermädel verpflichtet, mit zu lachen, worauf Erik und Helene wie auf Verabredung ganz still und totenernst wurden und sie anstarrten. Die Kellnerin konnte ihr Lachen nicht so schnell unterdrücken, wurde bis an die Ohren dunkelrot wie eine Tomate und verschwand. Nun küßten sich die zwei wieder, mit einer verstohlenen Heiterkeit wie Schulkinder. Erik behauptete, Helene hätte Ringe um die Augen, und sie sei gewiß nicht brav und gehe viel zu spät schlafen. Jetzt errötete Helene, mit jener blassen, hingehauchten Röte, die Blondinen haben, und zog ihrerseits Erik an den Haaren, bis er ganz böse wurde.

Sie hatten beide von ihrer Kindheit nichts gehabt, und das holten sie nach. Eine Viertelstunde später begann Erik wieder zu diktieren; Helene, die mit den Problemen vollständig vertraut war, machte ab und zu Einwendungen, die Erik überraschten. Sie konnte es erreichen, daß er nachgab, und zum Schluß sagte er: »Eigentlich sollte ich da schreiben: Ich danke an dieser Stelle meiner lieben Mitarbeiterin, Helene Blütner.«

Diese naive Zärtlichkeit, hinter der wie durch einen Schleier die Erinnerung an die glühenden Nächte durchschimmerte, diese holde Freude glich alle Unterschiede aus. In diesen Tagen waren sie einander alles: Freundin und

Freund, Bruder und Schwester, Gefährtin und Gefährte – und die Geliebte war sie ihm, die er in Sehnsucht begehrte. »Amante et sœur«, sagte ihm einmal Helene, »beides will ich dir sein und lange. Gestern habe ich nachts, gerade als du eingeschlafen warst, vom Bett aus eine Sternschnuppe gesehen, – wie schön das war! Beinahe hätte ich vergessen, mir etwas zu wünschen. Du bist nicht abergläubisch, nicht wahr? Aber ich wünschte mir, du solltest mir lange gut sein, so wie heute, lange, lange!«

»Nicht ewig?« fragte er, ergriffen von dieser rückhaltlosen, unbeschreiblich einfachen und tiefen Neigung.

»Ewig ist ein großes Wort für einen Menschen wie mich. Unser ganzes Leben ist ja nicht ewig, und deine Liebe soll es sein?« fragte sie.

»Sie wird es sein«, sagte er weich. »Ich verspreche es dir, Heli.«

15

Sie erhielten Besuch. An einem Vormittag kam Peter, ein kleiner Bauernjunge, zu ihnen in den Wald gelaufen. Erik hatte eben auf eine Weile sein Diktat unterbrochen und ließ sich von Helene Märchen von Grimm vorlesen. Da erschien der Bub und sagte keuchend vor Stolz, Anstrengung und Eifer, es sei ein großmächtiges Automobil gekommen und die Herrschaften hätten nach dem Herrn Doktor gefragt.

In aller Ruhe stand Erik auf und sagte zu Helene: »Komm mit.« Sie war ein wenig verwirrt. Aber man sah es ihr nicht allzusehr an.

Es war die hübsche Kusine mit ihren zwei jüngeren Geschwistern, die mit dem Automobil in die Sommerwohnung nach Alt-Aussee vorausfahren wollten und die angeblich ohne weitere Absicht in Hieflau Station gemacht und hier ganz zufällig erfahren hatten, daß ein Doktor Gyldendal in dem Dorf wohne.

Sie wußte natürlich, daß Erik mit Helene nach Hieflau gereist war, und ihre Mutter hatte ihr aufgetragen, die Verhältnisse auszukundschaften. Sie spielte ihre Rolle sehr gut, drückte Helene kameradschaftlich die Hand und machte Erik Vorwürfe, daß er, ohne Abschied zu nehmen, abgereist war.

Die zwei jüngeren Geschwister wollten das Hüttenwerk sehen und störten unaufhörlich.

»Wir sind sehr schnell gefahren, Mercedes Schiebermotor, einhundertzwanzig Kilometer in der Stunde«, sagte die ältere Kusine Lilli (sie nannte sich Lola).

»Schneid' nicht so auf«, sagte der achtjährige Bruder, der James Fränkel hieß, sich aber Jockl genannt und mit unglaublichem Trotz durchgesetzt hatte, daß ihn alles Jockl nenne. Seiner kleinen Schwester, vor der der Bub viel mehr Respekt hatte als vor der älteren, hatte er den Namen Jocki geschenkt, der aber der Kleinen, die Ada hieß, durchaus nicht gefiel.

»Sei nicht frech, Jockl!« sagte Lilli.

»Du bist frech«, gab der Bub zurück. »Erstens kannst du gar nicht Automobil fahren, und zweitens . . .«

»Hören Sie ihm nicht zu, Fräulein Helene«, sagte Lilli. »Die Jungen sind heutzutage so frühreif!«

Sie sagte das in schleppendem Weltdamenton, mit etwas ungarischem Akzent, der aber gar nicht zu ihr paßte. Der alte Fränkel war ein reich gewordener Würstchenfabrikant, seine Frau eine gute Hausfrau, beide waren sehr kluge und sogar bescheidene Leute. Ihre Kinder aber hatten, jedes für sich, eine Individualität, oder vielmehr, sie suchten sie mit aller Kraft, angefangen von Lilli, die eine ungarische Komtesse spielen wollte, bis zu James, der sich Jockl nannte.

»Ich interessiere mich sehr für Medizin!« sagte Lilli. »Sie besuchen bereits die Hochschule, nicht wahr?«

»Nein, Fräulein«, antwortete Helene kühl.

»Es ist auch kein Schiebermotor«, unterbrach Jockl. »Aber mir wird der Chauffeur das Fahren beibringen.«

»Was macht Ihr Fräulein Schwester?« fragte Lilli weiter im Komteß-Lola-Ton.

»Ich weiß wirklich nicht«, meinte Helene aufrichtig. »Wir schreiben uns nicht.«

»Ich finde es so interessant, wenn zwei Schwestern sich selbst ihr Brot verdienen«, sagte Lilli herablassend. »Die eine durch die Kunst, die andere durch die Wissenschaft! Findest du nicht auch, Erik?«

»Ich habe noch nicht darüber nachgedacht«, sagte Erik. Ihn amüsierten die mißglückten Versuche seiner Kusine, ihre Spionagerolle zu spielen. Und wie sehr hatte sich Lilli darauf gefreut! Sie war fest entschlossen gewesen, die weinende, von Gewissensbissen geplagte Sünderin Helene moralisch aufzurichten, ihr aber (in höherem Auftrage) zu Gemüte zu führen, daß Resignation das beste sei. Und ferner Erik, ebenfalls von Gewissensbissen gefoltert und von Geld entblößt, auf das Automobil zu laden, nach Alt-Aussee zu bringen und dort die Versöhnung der Eltern Gyldendal mit ihrem genialen, aber widerspenstigen, kranken Sohn zu vermitteln.

Sie war höchst erstaunt, beide ruhig, ohne irgendwelche Gewissensqualen und Erik überdies gut aussehend zu finden.

Helene machte die Honneurs, aber sie war froh, als Lola, Jockl und Jocki nach einer Stunde wieder verschwanden.

Es war eine häßliche, verlorene Stunde, aber das eine wurde beiden bewußt: Vor der Welt wollten sie sich nicht verbergen. Jede Heimlichkeit wäre Reue gewesen: sie aber liebten sich und bereuten nicht; sie waren stolz, einer auf den andern.

16

»Ferenand getru und Ferenand ungetru.«

Helene las vor (Grimms Märchen Nr. 216): »Et was mal en Mann un 'ne Fru west, de hadden, so lange se rick wören, kene Kinner; us se awerst arm woren, da kregen se en kleinen Jungen.«

»Nein«, sagte Erik, »das fängt so langweilig an. Lies lieber das nächste Märchen!«

»Warte nur«, meinte Helene, »es wird wunderschön. Es kommt ein Schimmel und eine Heide darin vor, und das hübscheste ist, wie Ferenand getru zu den Riesen sagt: ›Still, still, meine lieben Riesechen.‹ Denk' nur, Erik, Riesechen!«

»Wenn es mir aber doch nicht gefällt!« sagte Erik.

»Was hast du denn?« fragte sie. »Wenn du willst, fahre ich hinüber nach dem Ufer, dort muß es kühl sein.«

»Ja«, sagte er. Sie wandte das Boot um; sie ruderte, Erik steuerte und las inzwischen selbst das Märchen von »Ferenand getru und Ferenand ungetru«.

»Du, Erik, gib doch acht«, rief sie, »wenn du schlecht steuerst, kommen wir bis Mittag nicht hinüber!« Aber er hörte nicht.

Ganz in der Nähe von Eisenerz liegt ein kleiner See, hoch oben in den Bergen. Erik und Helene waren frühmorgens durch das Tal der Leopoldsteiner Ache hinaufgegangen.

Helenes Gesicht leuchtete schon den ganzen Morgen zärtlich und schelmisch, sie hatte eine Überraschung vor. Erik wurde bald müde, aber sie gönnte ihm keine Rast auf dem langsam ansteigenden Weg, der durch Wiesen, steinige Halden in morgenstille Wälder ging. Plötzlich strahlte und schimmerte es smaragdgrün durch die Bäume, wie ein dünnes, junges Buchenblatt schimmert, wenn die Sonne durchscheint. Da lag das Wasser mit einem Male vor ihnen, eingeschlossen von steilen, silbergrauen Felsen, von denen die Feuchtigkeit herunterrann; bloß ein kleines Stück des Ufers war flach, und dort war hohes Schilf.
»Auch Seerosen müssen dort sein.« Sie wies mit dem Finger hin.
Gerade ihnen gegenüber stürzte von der steilen Wand des Leopoldsteiners ein winziger Strahl, ein kleiner Bach in das Wasser. Man sah den Strudel, den er erregte, und von dort aus zogen weite Kreise, weiche, ganz zarte Wellen fort über den dunklen See. Ein zackiges Stück Himmel stand tiefblau und unendlich hoch über dem Kessel. Und still war es da, so unsagbar still, daß man das Plätschern der kleinen Ache hörte, die am jenseitigen Ufer sich herabstürzte.
Erst schien dieser See ganz unbewohnt; dann aber, in einer Bucht, die Veranda auf Pfählen vorgebaut, war ein kleines Wirtshaus »Zum Leopoldsteiner See«, und ganz drüben, ganz hart neben der Ache, fast in den Felsen hineingewühlt, war eine Villa.
»Ein Erzherzog hat einmal hier gewohnt«, meinte Helene, die den See seit vielen Jahren kannte. Ihre Eltern, damals noch reich, hatten die Villa kaufen wollen, um immer dort zu leben. Helenes Vater und Mutter liebten einander selbst in ihrem reiferen und müderen Alter immer noch kindlich und romantisch und wollten diese Liebe vor den Augen der heranwachsenden Kinder verbergen. – Aber es wurde

nichts daraus. Helene wußte nicht mehr, warum; entweder war die Villa unverkäuflich, oder die Vermögensverhältnisse der Familie Blütner erlaubten die Ausführung dieser romantischen Idee nicht mehr. – –

Sie sah einen Kohlweißling über das Wasser hinfliegen, unbesorgt, flatternd, und manchmal schien es, als ließe er sich auf der Wasserfläche nieder und ruhe seine Flügel gemächlich aus. Erik bekam Lust zu rudern oder sich rudern zu lassen. Ein Boot wurde gemietet und als Helene, mitten auf dem Wasser, müde wurde, ließen sie die Ruder ins Wasser hängen und Helene begann das Märchen von »Ferenand getru und Ferenand ungetru«.

Jetzt ruderten sie wieder langsam dem Ufer zu, gegen die Villa, die man nun schon deutlich sah. Ein Erker, achteckig, mit großen Spiegelscheiben hinausleuchtend in den See, war zu erkennen, und aus einem der Fenster wehte ein weißer Vorhang.

Das Fallen und Rauschen der Ache war wie Musik, wie Töne einer Geige.

»Eine Geige?« fragte Erik und sah mit großen Augen zu Helene auf. Es war nicht eine Geige allein, sondern auch ein Klavier. Helene war so erstaunt, daß sie die Ruder dahingleiten ließ. Beinahe wären sie unter die Ache gekommen, die mit einem leichten, graziösen Bogen sich in den See hinabließ, wie ein Schwimmer von einem Sprungbrett.

»Gib doch acht, Helene!« sagte Erik ungeduldig. Er war seit dem Besuche seiner Kusine verstimmt. Plötzlich wußte er, warum. Sie hatte Ediths Namen genannt; den hatte er selbst ganz vergessen, und jetzt zog der Klang dieses Namens und die Erinnerung an ihre Schönheit wie mit unsichtbaren Gewichten an ihm und machte ihn traurig.

Ganz sanft nahm Helene die Ruder wieder in die Hand, und das Boot glitt bis an die Freitreppe. Leicht schlugen die

Wellen an die marmornen Stufen; es war Marmor. Irgendeiner seiner Geliebten hatte der Erzherzog dieses Schloß bauen lassen und hatte nach ein paar Wochen beide, Villa und Geliebte, verlassen, ohne eine deutliche Erinnerung als die an jene unbeschreibliche, beängstigende Stille und an die schwüle Leidenschaft, die daraus hervorwuchs.

Und es war wirklich so still, daß man in den Pausen des Violinspiels das Anschlagen der Wellen und das Kichern der Ache hörte, die sich mutwillig in das Spiel hineinmischten.

»Kennst du das Stück?« flüsterte er.

»Es ist die Andante im F-Dur aus der fünften Mozart-Sonate. Edith hat es oft gespielt«, sagte sie laut. Sie hätte gern das Wort wieder zurückgewendet; sie fühlte, wie sich Fremdes zwischen sie und Erik drängte.

Die Melodie war unbeschreiblich schön: bittend, im tiefsten Grunde ergriffen, und doch von einer überirdischen Heiterkeit. Im Anfang hatte das Klavier das Motiv; die Geige hatte in den ersten Takten nichts andres zu spielen als bloß zwei Töne, einen Seufzer, crescendo wie hinter einem dunklen Vorhang hervortretend und dann demütig in das Schweigen zurückkehrend im Diminuendo.

Es lag soviel Gewalt und Stimmung darin. Und welche Melodie hätte nicht Gewalt und Stimmung gehabt in diesem Felsenkessel, der oben ein zackiges Stück tiefes Himmelsblau trug und sich wie ein tiefer Brunnen auf einer stillen, unbewegten Wasserfläche aufbaute!

Ein Instinkt wehrte sich in Helene gegen diese Stimmung. Sie wollte sie zerstören und zerstörte sie.

»Die Geige ist miserabel«, sagte sie laut. »Das Klavier hat auch bessere Tage gesehen. Das sind Klaviere von Saphier in der Praterstraße, auf zwei Monate hergeliehen. Übrigens ist die Sache schrecklich sentimental, wir zwei sind es auch.

Wir lassen uns in der Hitze braten; warum? Um einen Stümper anzuhören, der die F-Dur-Sonate von Mozart verschandelt. – Ich will wieder zurück, ist es dir recht?«
»Wie du willst«, sagte er. Er haßte sie in dem Augenblick. Aber sie war im Recht. Der Violinspieler spielte sehr unrein und tremolierte, überdies waren die beiden oben nicht im Takt.
Als sie wegruderten, hörte das Spiel plötzlich auf. Und eine Bubenstimme rief grell weinerlich und zornig: »Aber Mitzi, du läufst mir ja weg; du läufst mir ja weg, du! Zwei volle Takte bist du mir voraus!« Die Stimme der Mitzi antwortete phlegmatisch: »Du mußt dich halt a bisserl beeilen, Rudi; ich kann doch nicht auf alles aufpassen.« Sie begannen wieder. Jetzt schämte sich Erik; er mußte Helene recht geben, und doch haßte er sie. Derselbe Haß, wie er ihn Dina gegenüber gefühlt hatte, als sie ihm das Wort »Verachtung« zurückgegeben hatte.
Jetzt tat ihm schon die Sekunde Haß leid und jetzt erst bemerkte er, daß Helene sich für ihn geplagt hatte und sich für ihn müde ruderte. Er stand auf und ließ sie das Steuer nehmen. Sie wechselten die Plätze, und als sie in dem schwankenden Boot aneinander vorbeikamen, küßte er sie, küßte sie ganz leicht auf die Wange. Da war wieder Friede, sie lachten beide und scherzten über Rudi und Mitzi.
Sie fühlten sich frei, glücklich, Sommermenschen, Ferienmenschen, die Taschen voll von Anweisungen auf das Glück.

17

Sie kamen erst gegen zwei Uhr in den kleinen Gasthof »Zum Leopoldsteiner See«; die schattendunkle Veranda

ging auf den See hinaus und duftete stark nach feuchtem Holz und Schilf.
Sie bestellten Forellen, die ihnen die Wirtin selbst brachte. Das war eine noch junge Frau, blühend und lachend, die mit ihnen schnell ins Gespräch kam und erzählte, sie sei sehr glücklich, obwohl ihr Mann sechs Tage in den Hüttenwerken in Hieflau arbeite und nur über den Sonntag herüberkäme.
Sie hatte zwei Kinder, ein zehnjähriges Mädchen und einen kleinen Buben, der vier Monate alt war. Erik bat sie, das Kind zu bringen. Es war schläfrig, wackelte mit seinem blonden, fast kahlen Köpfchen hin und her, schloß die Augen, geblendet vom Licht, und griff mit den winzigen Fingerchen der Mutter ins Gesicht.
Helene verlangte von Erik, er möge Mutter und Kind photographieren. Obwohl er nur zwei Platten übrig hatte, erfüllte er Helene den Wunsch. Fast eine Stunde lang saßen die drei beisammen beim Tisch, und Frau Ahorner, die Wirtin, erzählte von ihrem Leben.
Als Helene sie nach ihren Wünschen fragte, überlegte sie eine Weile, und dann fragte sie, ob der Kaiser sehr alt sei; sie möchte ihn noch sehen, aber erst dann, wenn Franzl, der kleine Bub, groß wäre und als Soldat in Wien bei den Deutschmeistern dienen würde.
Dann fragte Helene, ob man in dem See baden könne. »Ja«, meinte Frau Ahorner, »aber nicht hier, wo fast nie die Sonne herüberkommt, sondern nur an dem kleinen, flachen Stück drüben, wo der Sonnenschein das Wasser erwärmt, – und auch nur an so heißen Tagen wie heute.« Und ob die Herrschaften Badekleider wollten, sie hätte noch welche von Sommergästen, die vor drei Jahren hier gewesen wären; sie wollten wiederkommen, hätten aber ihr Versprechen nicht gehalten. Die Dame hätte akkurat die Statur der

gnädigen Frau gehabt – und die Herren behülfen sich so leicht.

Helene ging mit der Wirtin; aus einem geschnitzten und altertümlich bemalten Kasten wollten sie die Badekleider herausnehmen.

In der einen Minute, die ihn Helene allein ließ, starrte Erik auf das Wasser hinaus, das wie Käferdecken grün irisierte und leuchtete.

Ihm war, als verlöre er plötzlich das klare Bewußtsein und eine leise, unsagbar vertraute Stimme spräche ihm zwei Vokale vor: einen tiefen, e, crescendo hervortretend hinter dunklem Vorhang mit weißen Armen und zarten Fingern – und einen leisen, flüsternden, i, demütig ins Schweigen zurückkehrend im Diminuendo –, wie der Seufzer in der Mozart-Sonate. »Edith«, sagte es und rührte mit weichen Fingern an sein Herz; er fühlte ein fast schmerzliches Zucken in seiner Brust, körperlich erschreckend.

»Was ist dir, Erik? Du erschrickst?« fragte Helene.

Er antwortete nicht, er konnte nicht sprechen; er fürchtete sich vor dem Gedanken; er war nicht mehr aufrichtig gegen seine Geliebte, das fühlte er.

Aber alles rings um sie schwieg das sonnendurchglühte Schweigen des Pan – da hörte Helene aus Eriks Schweigen nicht die Lüge, sie hörte nur wortlosen, beglückenden Frieden, sie fühlte nur mittägliche Glut, langsam verzitternd in einen wolkenlosen Abend.

Dann ruderten sie wieder hinaus, das flache Ufer schien so nah in der unbeschreiblich klaren Luft, in der fast vollkommenen, pianissimo singenden Stille.

Endlich kamen sie hinüber. Der Kahn stieß kreischend an die Kiesel. Helene nahm ihr Badekleid und lief das Ufer entlang, hinter graugrüne Weidenbüsche, die sie verbargen.

Erik ruderte wieder hinaus, ließ sich in das Wasser hinab und stieß den Kahn vor sich her, bis an das flache Ufer, und machte ihn an einer Weide mit der Eisenkette fest. Dann schwamm er wieder in die wunderbare, laue, liebkosende Bläue des Sees hinein, schloß die Augen – ließ sich willenlos treiben –, hörte hinter sich leises Plätschern. Helene schwamm mit ihren schlanken Gliedern sehr anmutig und sicher; sie kam ihm nach. Immer weiter; das Ufer lag undeutlich hinter ihm; es wurde langsam dunkel.
Ein kleiner Schneefleck oben auf einer steinernen Wand wurde zitronengelb, dann leicht rot, wie eine unreife Erdbeere, dann tief dunkelblau. Helene schwamm ruhig neben Erik. Er haschte nach ihrer Hand; sie entschlüpfte ihm; er fing sie wieder. Dann nahm er die andre, sie wollte sie ihm nicht geben; wie im Scherz kämpften sie miteinander und mußten, um das Gleichgewicht zu halten, mit den Beinen das Wasser schlagen, so daß es rauschte.
Und in diesem scherzhaften Kampf erwachte in ihm die Begierde nach ihr, eine namenlose, wild beängstigende Begierde stieg in ihm empor, floß herüber von ihr zu ihm, von jedem ihrer Finger, von ihren Augen, von ihren Bewegungen, die sich gegen ihn sträubten und sich gegen ihn wehrten. Er flüsterte ihr zu, er flüsterte wie damals auf der »Hohen Warte«, auf dem Weg zu seiner Villa: »Komm zurück, Helene!«
Aber sie sah ihn an, biß die Zähne zusammen und sagte: »Laß mich los – ich will nicht, Erik.«
»Komm zurück, oder –« seine Stimme war heiser, seine Augen weit, wie nachterschreckte Kinderaugen, dunkel, die Pupillen riesengroß. »Komm zurück, oder . . . – du!«
Plötzlich ließ all ihre Kraft nach, und sie wäre untergesunken, wenn er sie nicht gehalten hätte. Aber das alles war so unsagbar – die Liebkosung des warmen, klaren Wassers,

die Liebkosung seiner herrischen Worte und Blicke. Ganz berauscht ließ sie sich nach dem Ufer ziehen. Sterben – jetzt sterben vor dem Glück, das da auf sie wartete! Wie schön, wie schön! Wie süß! – Das Ufer war noch weit – jetzt noch fünfzig Meter, jetzt zwanzig, jetzt fünf, jetzt stieß sie schon an den Boden und mußte über den steinigen Grund gehen. Aber der Schmerz der vielen spitzen Kiesel und Muscheln war Wollust. Zwei Schritte vom Ufer – nun lehnte er sich an sie und nahm sie in die Arme, Mund an Mund, Brust an Brust, Hüfte an Hüfte. Er küßte sie mit harten, wilden Lippen, löste das Badekleid von den Schultern, mit zitternden, ungeschickten Händen.

Sie stand da, hilflos durchschauert, langsam von ihm entkleidet. Er warf das Kleid weit weg in das dunkelnde Wasser. Weiß leuchtete ihr Körper durch die sommerliche Dämmerung.

Ungeschickt gingen sie über das steinige Ufer gegen den Rasen, auf dem Helenes Kleider lagen. Aber sie waren erst in der Mitte des Weges, da verließ Helene die Kraft – sie blieb stehen; das einzige Wort sagte sie – verlangend, dürstend, vergehend vor Sehnsucht und doch rein in ihrer Leidenschaft, das zärtlichste, tiefste Wort, das einzig vertrauende: »Du!«

Diese Nacht fühlte Helene als ihre erste Liebesnacht. Es standen schon zitternd die Sterne auf dem kleinen zackigen Stück Himmel über ihnen – durch ein wundervolles Dunkel leuchtete das Licht des kleinen Wirtshauses »Zum Leopoldsteiner See«, als Erik und Helene wieder den Weg suchten zu der Wirklichkeit um sie.

Erik ruderte, den Kopf gebeugt, halb im Traum hörte er Helene schluchzen – sie weinte erst erstickt, dann laut mit einer müden Verzweiflung. Er verstand sie nicht; er wußte nicht, daß der tiefsten Wonne tiefste Müdigkeit folgt.

Erik wollte sie trösten; er strich mit der Hand über ihr Haar; das war feucht. Sie schluchzte, so sehr sie sich auch beherrschen wollte.

»Sei mir nicht böse!« Es kam in einzelnen Worten ganz langsam heraus. – »Sei mir nicht böse – ich – kann – nichts – dafür.«

Und plötzlich fühlte er ihre weichen, feuchten Lippen auf seiner Hand.

Sie kamen erst nach acht Uhr in den Gasthof. Erik raffte sich dann auf, ein Zimmer zu bestellen – sie sprachen nicht mehr – warfen sich ohne Licht ins Bett und schliefen traumlos in den Morgen.

18

Hieflau: ein trüber, schwüler Nachmittag, Dina Ossonskaja ist mit dem Halbeinuhrzug der Westbahn von Wien nach Hieflau gefahren. Im Kupee steht sie immer wieder auf, ringt die Hände, und dabei lächelt sie. Die Mitreisenden halten sie für verrückt. Ein kleines, hübsches, blondes Wiener Mädel macht sie aufmerksam, daß ihr die Schuhbänder aufgegangen sind. Dina lächelt ihr freundlich zu, vergißt aber natürlich darauf, sie zu knüpfen. Als sie in Hieflau aus dem Kupee steigt, stolpert sie über besagte Schuhbänder. Die Passagiere lachen, auch das kleine blonde Mädchen. Der Portier des einzigen Hotels steht am Perron und rühmt es mit Stentorstimme. Eine alte Frau drängt Dina einen großen Buschen Edelweiß und Alpenrosen auf. Dina nimmt an, zahlt aber nicht. Die Frau schimpft, läuft ihr nach; Dina gibt ihr fünf Kronen; die Frau küßt ihr die Hand und sagt: »Gnädigste Baronin!« Die Leute im Kupee lachen. Der Zug fährt langsam fort; er pfeift, es kommt gleich ein Tunnel. Stille.

Dina geht über die staubige Landstraße. Der Strauß ist sehr groß und schwer, das Rot der Alpenrosen ist plump, das Weiß des Edelweiß vergilbt – und das alles duftet nicht. – Sie wirft ihn fort. Nach hundert Schritten überlegt sie sich die Sache, kehrt um, sucht ihn, stolpert abermals über ihre Schuhbänder. Der Portier des Hotels kommt vorbei und grinst sie an. Dina findet die Alpenrosen wieder.

Das Hotel. Die grünen Rouleaus wie schräge, kleine Dächer vor den bewohnten Zimmern. Erik lehnt am Fenster, sieht Dina und erschrickt. Helene schläft; das Buch ist ihr aus der Hand gefallen. Helene ist jetzt am Tage so müde. Die Nächte sind so süß, so wild, so kurz.

Erik weiß, daß Dina jetzt kommen wird, er weiß, daß er Helene aufwecken sollte, daß sie Hand in Hand allen gegenüber dastehen sollten, daß sie sich und ihr Glück gegen jeden Fremden verteidigen sollten.

Erik denkt an Edith; denn sie hat er erwartet. Jeden Morgen erwartet er einen Brief von ihr an Helene, jeden Nachmittag erwartet er sie selbst; er denkt, sie würde mit dem Halbeinuhrzug von Wien zu ihrer Schwester fahren. Edith aber schweigt; sie kommt nicht.

Dina und Erik gehen über die staubige Landstraße; Peter ist gewohnt, jeden Nachmittag die Hühner zu hetzen, das ist lustig; aber es macht Lärm. Erik hat ihn vor einer Weile angeschrien. Helene soll nicht aus dem Schlaf geweckt werden; Erik will in Ruhe an Edith denken. Peter soll die Hühner später hetzen.

»Die gnädige Frau schläft«, sagt Peter zu Dina. Dina gibt ihm ein Fünfkronenstück. Er grinst über sein sommersprossiges Gesicht und läuft die Treppe voran zu Gyldendals Zimmer. »Wie sonderbar ist der Junge angezogen«, denkt sie. »Lederhosen und grüne, gestrickte Strümpfe! Ob das alle Leute hier tragen?« Sie ist namenlos aufgeregt, sie denkt nicht; es denkt in ihr; Dummheiten, Lächerlichkeiten. Plötzlich ist sie in Gyldendals Zimmer. –

»Wunderbar kühl ist es«, denkt sie.

Da steht Gyldendal vor ihr. Er führt sie hinaus; ganz leise, auf den Zehenspitzen. Helene seufzt im Schlaf. Noch halb im Traum greift sie nach dem Buch auf der Erde, läßt es wieder fallen und schläft wieder ein.

Dina und Erik gehen über die staubige Landstraße; gleichviel wohin; sie erkennt den Weg nicht. Es ist derselbe Weg, den sie vor fünf Minuten gegangen ist, der Weg zum Bahnhof.

Mit einer schüchternen Bewegung nimmt sie Eriks Arm. Er schüttelt sie nicht ab. Sie staunt; sie sieht ihn an und sieht ihn lächeln. Lächeln? Warum? Sie gibt ihm den Buschen Alpenrosen; sie weiß, daß er sich nicht darüber freut; nie hat er sich über etwas gefreut, das von ihr kam. Aber er nimmt an und flüstert: »Danke.«

Die Leute mähen die Wiesen. Es duftet wundervoll. Eine schwere Wolke kommt über die Steinerne Wand. Oben in dem grauen Felsen ist ein kleines Loch, wie mit einer Kugel durchgeschossen. »Man könnte hindurchsehen«, denkt es in ihr – »weit – weit hin.«

Sie ist glücklich, ruhig. Erik ist bei ihr.

Sie will sprechen, das Ungeheure der letzten Tage erzählen und kann nicht.

Sie treten in das Restaurant des Bahnhofes. Der Kellner liest die »Grazer Post«, an das Billard gelehnt.

»Was willst du, Dina?« – Eine Pause. Es jubelt in ihr, er spricht. Er sagt zu ihr »du«. Sie sind nebeneinander! Abenteuerliche Hoffnungen wachen auf; so wie kleine Kinder im Erwachen mit den Gliederchen strampeln.

»Was willst du, Dina, Kaffee oder Tee?«

»Ich? Nichts, Erik, ich wollte dich sehen. Das ist alles.«

Er senkt den Kopf und sieht sie an. Sie ist verändert, seit den paar Tagen; sie hat im Prater anders ausgesehen. Es ist etwas Wildes, Ungezügeltes in ihr. Er hat ein wenig Angst.
»Zwei Schalen Kaffee«, sagt er dem Kellner.
»Söhr wohl, meine Herrschaften, zwei Melange«, sagt der Kellner, der auf reine Aussprache hält.
»Wie kommst du nur her?« fragt Erik beiläufig. »Hast du meine Adresse erfahren?«
Sie lacht. Er fürchtet, sie würde eine Szene machen, Helene ohrfeigen oder ihn selbst mit einer Pistole erschießen. Aber er weiß nicht, warum er Dina jetzt solche Dinge zumutet.
»Also«, fängt er an, zum drittenmal, »was hast du die Woche über getan? Warst du in der Universität?«
»Ich bin zugrunde gegangen.«
»Dina!«
»Das wundert dich, Erik? Erinnerst du dich noch des Nachmittags im Prater? Was hätte ich tun sollen? Es ist schnell gegangen, sechs Tage – sechs Nächte!«
»Nicht so laut, der Kellner beobachtet uns.«
Sie, schreiend: »Der Kellner? Sie, Kellner! Da haben Sie!« Wirft ihm ein Fünfkronenstück zu. »Warten Sie draußen auf mich, da!« Sie weist auf den Ausgang des Restaurants gegen die Landstraße. Der Kellner grinst.
»Söhr wohl, meine Herrschaften!« Denkt: Hochzeitsreisende! Amerikaner! – Verschwindet.
»Was fällt dir ein, Dina?«
»Ich bitte dich – eine Bagatelle! Drei Fünfkronenstücke! Da erlaubst du dir andre Extravaganzen. Drei Menschen, was liegt dir an denen, ob die krepieren!«
Er, empört über das Wort »krepieren«, fragt: »Drei? Ich weiß nur von einer.«
»Nun, die zweite habe ich auch gesehen; eine ganz kleine Weile ist es her.«

»Wie kannst du so etwas sagen?« Dabei wird er bleich; er denkt an Edith. Wieso weiß Dina davon? *Davon?*
Sie sagt: »Die wirst du sicher zugrunde richten, das sage ich dir. Ich bin die einzige Frau, die dich liebt . . . und die . . .«
»Wie hängt das zusammen . . .?« Er denkt, sie ist abnorm; »hysterisch«. Aber sie weiß etwas – und ich wußte es doch selbst nicht!
»Das habe ich dir schon vor einer Woche gesagt, Erik. Ich verzeihe dir. Ich verzeihe dir, daß du die Helene Blütner ruiniert hast. Komm mit mir, ich telegraphiere nach London an Papa.«
»Ich will nicht, ich kann nicht, ich darf nicht. Erinnerst du dich dessen, Dinka? Ich darf nicht, ich will nicht, ich kann nicht.«
Sie, namenlos aufgeregt durch den Hohn des liebkosenden Namens Dinka und durch die Erinnerung an die fürchterliche Szene im Sillertal, steht auf, das Gesicht bleich, mit den Augen der Meduse. Er denkt: Jetzt schießt sie mich nieder, dazu ist sie hergekommen. Ich sterbe gern; ja, ich sterbe gern. Bin ich nicht glücklich? Warum? Macht mich Helene nicht glücklich? Liebe ich sie nicht? Liebe ich sie nicht? Nein.
Sie flüstert, weich: »Hab' keine Angst vor mir, Erik.«
Er denkt daran, daß ihm Helene gleichgültig ist: »Nein.«
»Ich bin vorigen Mittwoch von dir weggegangen. Ich hätte mich ins Wasser stürzen sollen. Ich habe es nicht getan, weil eine Nacht vorher – die Nacht von Dienstag auf Mittwoch . . . Ich hatte dich vergessen – nach der Szene am 26. November hatte ich dich vergessen. Die Tatsachen wußte ich noch, aber die Empfindungen, die Gefühle waren fort; ich war frei davon. Das war schön. Ich habe mit Janina über alles gesprochen, wir sind in die Theater gegangen, wir haben Gesellschaften besucht. Dann ist sie abgereist. An-

fang Mai. – Ich war allein; nein, ich war nicht allein, ich war wieder mit dir zusammen, ich träumte von dir, mein Liebling, und Tage und Tage dachte ich an dich. Er denkt wohl auch noch an mich, sagte ich mir, wenn du ihn ansprichst oder ihm schreibst, wird alles wieder gut. Ich begriff sogar, daß ich damals unrecht hatte. Ich will es dir sagen: Die Frau in mir hast du geliebt, und die Frau wachte erst auf – wie lange kann es her sein? So kurz und so unendlich lang!
Aber ich hatte nie den Mut, dir zu schreiben. Früher, am 26. November, hatte ich noch gedacht: gehöre ich einmal dir, dann gehöre ich allen Männern, die mich wollen. Im Mai wußte ich: dir werde ich stets gehören.
Was du mir antun kannst – ich werde dich immer lieben, immer dich, immer dich allein.«
Ihr Gesicht ist so eigenartig, denkt Erik.
»Wir sind einer an den andern geheftet, wie an eine Galeere sind wir aneinandergeschmiedet. Du an dich, Erik, an dich allein, an dich ganz allein. Ich hab' es dir gleich das erstemal gesagt: du bist wie deine Röntgenröhre. Leer, ganz leer, bloß der Strom geht durch dich hindurch. So wirkst du auf andere Menschen, kannst sie glücklich machen oder zerstören. Aber an dich selbst reicht nichts heran. Du kennst Mitleid nicht und Mitfreude nicht. Was soll man an dir lieben? Was ist gut an dir? Was ist schön an dir? Und doch kann ich nicht los, ich liebe dich. Aber fürchterlich wird es sein, Erik, wenn einmal der Strom nicht mehr durch kann; dann mußt du daran glauben. Du! Ich bin dir gut, mit meiner ganzen Seele, mit meinem ganzen Herzen. An diesen Ketten kann man reißen, verstehst du? Es tut weh, aber sie bleiben bestehen. Das alles ... Nein, nur von der Nacht von Dienstag auf Mittwoch will ich dir erzählen. Warum schäme ich mich nicht vor dir? Warum hab' ich mich nie vor dir geschämt? In der Pension hatte ich, seit Janina fort ist,

ein kleines Zimmer. Wozu brauche ich ein großes, teures, schönes Zimmer? Sag'!«

»Und hier wirfst du das Geld unnötig fort«, sagte er.

»Gut, erzieh' mich nur«, sagte sie mit einem starren Lächeln, wie eine Maske. »Das neue Zimmer war eng und klein, und die Tage wurden so schwül. Neben mir wohnte jemand, der immer spätabends nach Hause kam. Da zieht er den Gaslüster herab und macht Lärm. Von dir träumte ich jede Nacht. Und einmal, da weckte er mich, ich wußte ja, wie er aussieht, er ist noch größer als du und wunderschön; er hat so herrliche, schwarze Haare und tiefe Augen. Nein, das ist es nicht; er hat etwas vom Hafen in Odessa an sich; das verstehst du nicht. Du hast nie einen solchen Hafen gesehen. Ich wußte, daß er schön war und daß er mir immer nachsah, wenn ich vor ihm die Treppe hinaufging.«

Sie saß vor Erik und streckte ihren rechten Fuß vor, der kleine Lackschuhe anhatte, mit weiß-schwarzen Bändern, die schlecht gebunden waren. Darüber war ein ganz dünner Seidenstrumpf, der fast glänzte; so dünn war er. Aber Erik wandte sich ab.

»Und da fiel mir mitten in der Nacht ein, an die Wand zu klopfen; es ist verrückt, aber was liegt daran? Die Leute neben uns klopften oft, wenn Janina und ich über alles und nichts sprachen und um halb drei Uhr morgens nochmals Tee kochen wollten. Und er klopfte wieder; ich einmal, er einmal, ich fünfmal, er fünfmal. Und keiner wollte nachgeben und ruhig werden. Lach' doch, Erik, das ist ja komisch, nicht wahr?« Eine Pause.

»Und dann will ich dir noch etwas verraten. Die Frau in mir war erwacht; die ganze Zeit her – war sie erwacht und sehnte sich nach dir, Erik! Und da stand ich ganz leise auf und schloß das Türschloß auf; und ich biß mit meinen Zähnen in die Türklinke; ich dachte an nichts; das Herz in mir schrie; es schrie nach dir, so wie dein Herz damals nach mir geschrien hatte. Das verstand ich, und ich fühlte, daß wir Menschen der gleichen Leidenschaft waren, an der gleichen Kette angekettet. Und ich wollte nichts von dem Griechen; nichts mehr. Ich lachte, bis ich einschlief. Aber die Tür blieb versperrt, ganz fest. Dann – jetzt erzähl' du weiter!« sagte sie. Sie blickte hinaus auf die zwei leuchtenden Stränge, die ins Unendliche zogen, die Eisenbahnschienen der Station Hieflau, die bis ins Unendliche des bewohnten Kontinents reichten.

»Du weißt es nicht mehr. Der nächste Tag: Prater, Hauptallee. Fräulein Dina Ossonskaja sagt zu Doktor Erik Gyldendal: Ich tu' alles, höre, ich tu' alles, was du willst, komm zu mir . . . Aber Erik hat schlecht geschlafen« – sie streicht mütterlich über sein schon gelichtetes Haar und über seine Wangen –, »Erik ist böse und will Ruhe . . . Ich war um halb neun zu Hause. Warum wird es so spät dunkel? Warum? Ich wartete, bis er käme; ich glaubte, er würde kommen. Da schlief ich ein.

Ich träumte von dir, jedesmal eine andere Szene; du strittest mit deiner Mutter, und sie schenkte dir zur Belohnung die goldene Geldbörse; es ist absurd . . . Da pocht es an der Wand; ich springe auf und klopfe wieder; ich warte, ich halte den Atem an; nichts. Stille. Ich schlafe ein; du, immer du. Immer mein Erik; wir sind in deinem Hörsaal; die Uhr schlägt; aber es ist die Uhr an der Kirche ›Maria am Gestade‹; denkst du es noch?« Sie faßt seine Hand; er überläßt sie ihr.

»Es klopft an der Wand. Ich ziehe mein Nachthemd aus, nackt gehe ich zur Tür, meine Brust an der Türklinke; wie kühl sie war! Still, still; niemand. Ich denk' nach, wer hat an die Wand geklopft, mitten im Traum? Die Frau in mir war es; dieselbe Frau, die du erweckt hast, mit deinen harten

Lippen und starken Händen, die du geliebt hast und die du verraten hast. –

Der Grieche kam nicht, ich weiß sicher, daß er nicht geklopft hat. Ganz bestimmt weiß ich es. Einmal hat es mich noch geweckt, dann bin ich in sein Zimmer gegangen; es war leer, das Bett unberührt; er war noch gar nicht nach Hause gekommen.«

»Und?« fragte Erik.

»Das Bett war so kühl. Das große Zimmer – überall waren halbverbrannte Zigaretten. Die Luft war ganz anders als in meinem Zimmer. Und dunkel war es, wie daheim, wie in meinem Kinderzimmer – wenn Mama nachts die Kerzenleuchter fortgetragen hatte. –

Ja.« Sie stand auf, ließ die Arme herabfallen und sah ihm frei ins Gesicht; ebenso frei, couragiert und generös, wie damals vor der grauen Kirche ›Maria am Gestade‹, als sie ihm ihre Liebe erklärt hatte.

»Ja, in diesem Bett bin ich seine Geliebte geworden.«

Er war blaß. Er wußte, daß Dina unschuldig war, nicht allein körperlich rein, sondern auch geistig, herb und unbewußt.

Sie nahm seine Hand, und mit einer freien königlich-zärtlichen Gebärde legte sie seinen Kopf an ihre Brust. »Komm du mit mir! Dein bin ich gewesen, glaubst du es mir? Du kannst ja tun, was du willst, Gutes und Schlechtes; das Schlechte rächt sich nicht im Leben; denn sonst wäre es kein Leben, sondern ein Puppenspiel – aber wenn zwei aneinandergekettet sind und keins von den zweien geht allein unter, du an deiner Arbeit oder ich an dem dummen Zufall (sie lächelte), an der Langsamkeit – daß ich dich erreichte mit einer Zugverspätung von einem halben Jahr –, das ist gleich, wenn zwei Leute so zueinander stehen, müssen sie sich treu bleiben und einer dem andern helfen.

Erik, kannst du es? Komm mit mir!«
Er schüttelte den Kopf.
»Du wirst sie betrügen«, sagte sie leise.
Es war nicht mehr die wilde, hysterische Dina, die sich mit den Fäusten verteidigte, es war ein bittender, gebrochener Mensch, der Mitleid erregte.
»Du hast sie schon betrogen«, sagte sie. »Ich weiß das; du weißt es ja auch, sonst würdest du ja nicht allein mit mir gekommen sein. Geh, bitte, hol' mir die Fahrkarte! Ich will nach Wien zurück. Janoupulos erwartet mich. Er weiß nichts von dir; er hält sich für meine erste Liebe, weil, weil . . . Hat er recht? . . . Nein, – geh, besorge die Karte, eine nach Wien, oder zwei nach Paris. Um halb sieben kreuzen sich die beiden Züge hier, der Wiener und der Pariser. Geh, geh – und laß den Kellner wieder herein; es könnte doch auch ein Gast hierherkommen . . .«
Ich kann vielleicht später noch nach Paris fahren, dachte er, aber nein – ich kann es um Helenes willen nicht tun.
Ich liebe Edith, jubelte es in ihm. Das Glück, das ich von ihr will, soll mich für das Unglück entschädigen, das ich Dina angetan habe.
Er gab Dina ihre Karte. Ohne sie anzusehen, steckte sie die Karte in den Ausschnitt des Handschuhs.
Sie ging anscheinend ruhig auf dem Perron hin und her. Kleine elektrische Glöckchen klingelten.
Auch ich muß nach Wien zurück, dachte er.
Ein Signal schlug, wie eine Glocke, drei Schläge, dann wieder drei, und nochmals drei.
Er dachte an die unglückliche Frau neben ihm, die ebenso dreimal an die Wand gepocht hatte . . . Alles sah er vor sich mit erschreckender Deutlichkeit . . .
Die zwei Züge brausten heran; fast zu gleicher Zeit.
Dina stieg in ihren Wagen. Er wollte ihr die Hand küssen;

sie entzog sie ihm. Ihr Auge war ruhig, starr und groß.
Der Schaffner pfiff. Langsam setzte sich der Zug nach Wien in Bewegung.
Da riß Dina die Abteiltür auf, wollte heraus, schleifte eine Sekunde lang auf dem Boden, der Zug ging immer schneller, ein paar Leute schrien auf, Hände aus Dinas Kupee zogen sie mit viel Mühe herauf. – Es war komisch, tragisch und seltsam ergreifend.
Am nächsten Morgen reisten Erik und Helene nach Wien zurück.

19

Sie erkannten kaum mehr den Weg wieder, als sie Hand in Hand zum Bahnhof gingen. Im Regen sah alles anders aus als in der strahlenden Sonne; die Straße mit ihren weißen Schottersteinen glänzte, aber die Berge waren matt, niedrig und tief verhängt – die Bäume hatten sich im Nebel verfangen, der hin und her wogte, und die hohen Wiesen waren nun ganz gedrückt, sie legten sich schwer an den Boden, an jede Senkung und Furche, so daß es aussah, als bekäme nun alles Falten und würde müde und alt. Sie gingen Hand in Hand am Hüttenwerk vorbei; die Hämmer klangen leise; die Glut loderte zart hellrot, irgendwo, weit oben, im Nebel verborgen. Dann kam ein kleines Feld. Gelbe, schwere Gerste stand darauf. Erik rührte die Ähren an im Vorübergehen, er streifte die zarten, glitzernden Haare, die im Nebel schwankten. Es war wie lichtes Menschenhaar, das er da mit seiner Hand sanft berührte und das unter seinen Fingern weich und schmiegsam dahinglitt. Es war wie Menschenhaar, das jemand im Nebel sanft streichelt.
Helene sah ihn an, mit großen Augen. Immer, immer mit ihm so dahingehen, tief beseligt, immer seine Nähe fühlen,

beruhigend, schwer und doch sanft. Dies wollte sie ihm sagen, sie wartete nur, bis seine Hand, noch feucht von den regengetränkten Grannen des Getreides, die ihre suchte; dann wollte sie seine Hand an ihren Mund ziehen, dann wollte sie ein Wort finden, ein einziges nur, das alles sagte. Aber seine Hand vergaß die ihre, hatte ganz Helene vergessen. – Am Weg wuchs Klee, lichtrosa blühend mitten in tiefem Grün – dann kam wieder eine Wiese, dann eine Mauer, an der Birken standen und sich im Regen schüttelten wie ungeduldige Menschen. – Dann kam der Bahnhof und der Zug. –

Als Helene aus dem Fenster des Wagens hinaussah, da glitten die Birken an ihr vorbei, sich schüttelnd im Wind, dann das gelbe, schwer wogende Getreidefeld und dann das Hüttenwerk mit der lodernden Flamme. Dann kam ein Tunnel, starrende Dunkelheit und donnernder Lärm; als es plötzlich Licht wurde, fast erschreckend schnell, da war es eine andre Gegend, fremde Berge und Bäume, ein ganz andrer, fremder Tag und eine andre, fremde Welt.

»Warum bist du so still?« fragte Erik.

»Wir sind beide still«, sagte sie.

»Wir mußten ja doch einmal fort«, sagte er. »Du bist traurig, und ich weiß nicht, weshalb. Wenn du noch einen Tag hättest bleiben wollen –«

»Das ist es nicht, Erik.«

»Was ist dann?« Sie schwieg.

»Sag's doch!«

»Ich kann nicht.«

»Du hast uns gestern gesehen? Dina Ossonsky und mich?« Sie sah ihn an, mit hilflosen, großen Augen. Seine große, gerötete Hand lag auf seinem Schoß. Es war nicht mehr die Hand, welche die ihre bittend gestreichelt hatte. Warum? Warum lag all dies so unendlich fern? Warum sah sie jetzt sich und ihn am Ufer des Leopoldsteiner Sees gehen, in lautloser Mittagsstille, den lichten Weg entlang am dunklen Wasser, über das von weitem her, vom andern Ufer her, ein seichter Strand herüberleuchtete, weiß und sonnenbeglänzt – warum sah sie die Stunde, eben erst vergangen – unter den zitternden Birken, an dem wogenden Getreidefeld – jetzt schon ins Unendliche der Zeit versunken – so unsäglich weit entfernt von ihm, der sie ansah, und von ihr, die an seinen Lippen hing – als wären es zwei andere Menschen gewesen, die jene glücküberstrahlten Tage genossen und immer noch diese Wege gingen, Hand in Hand – jubelnden Gesang in sich, zwei fremde Menschen, aber nicht sie und Erik Gyldendal.

»Weshalb glaubst du mir nicht?« fragte er. »Bist du eifersüchtig? Sag's doch, ja oder nein?«

»Nein«, sagte sie leise. »Ich habe nichts anderes auf der Welt als dich.«

Nach einer Weile sagte er: »Ich dachte, du schliefest, als Dina und ich fortgingen.«

»Ich war erwacht und wollte Grimms Märchen von der Erde aufheben, da sah ich ihr weißes Kleid gerade noch in der Tür und hörte ihre sonderbare Stimme. Da wußte ich, es kann nur Dina Ossonsky sein.«

»Sonderbar? Sonderbar nennst du ihre Stimme?«

»Ich hätte auch sagen können, krankhaft oder hysterisch; ein Wort ist wie das andere.«

»Ich habe die Krankheit aus Dinas Stimme nicht herausgehört, als ich sie kennenlernte«, sagte er.

»Vielleicht war sie es damals nicht.«

»Kann das sein?«

»Ich weiß es nicht. Ich weiß nicht, wie ihr früher zueinander gestanden seid. Ich weiß nicht, was ihr gestern gesprochen habt. Ihr . . .«

»Ihr?«

»Ja, Erik. Daß ihr nicht zwei Menschen seid, die einander ganz fremd sind – das konnte man hören. Und gestern – einen Augenblick hatte ich Angst um dich. Ich wußte, daß es lächerlich ist, und doch hatte ich Angst. Mir war es, als führe sie dich fort – und nicht du sie; als sei sie schwer krank und unglücklich und führe dich zur Strafe weg, für immer fort von mir. Ich habe früher nie verstanden – oder ich habe es nie recht geglaubt, daß Unglück und Krankheit eins werden können im Leben.«

»Und jetzt glaubst du es?«

»Ja, jetzt kann ich mir vorstellen – daß ein Mensch hysterisch wird. Einer tut dem andern weh, schrecklich weh, er verletzt ihn so durch Worte oder Handlungen, daß es gar nicht mehr gut werden kann – oder nur sehr schwer – und der andere ist gebunden, oder – er ist plötzlich ganz allein, er kann nicht mit beiden Fäusten toben und wüten – es muß sich ihm dann auf die Seele schlagen; dann muß die Seele krank werden – unglücklich und unheilbar krank.«

»Ist sie wirklich unheilbar? Und durch seine Schuld?«

»Schuld? Du bist sicher nicht schuld an Dinas Krankheit. Deine Hände, deine weichen Hände können gar nicht wehe tun.« Sie hob sie empor, beide auf einmal, jetzt endlich hatte sie den Mut dazu – jetzt legte sie seine Hände mütterlich in die ihren, jetzt zog sie Erik zu sich heran und sprach zu ihm, ruhig, sanft und gut, wie in früheren Tagen.

»Es ist alles gut. Das Leben ist schön, heute, und wird es morgen sein. In einer Stunde sind wir in Wien, und du fährst nach Döbling, in dein Laboratorium. Und ich . . .«

»Und du?«

»Sag' selbst, Erik! Sag' doch, was ich tun soll?«

»Willst du nicht doch Frieden schließen?«

»Frieden?«
»Frieden mit Edith?«
»Wenn du es willst?«
»Versteh mich recht, Helene. Ich richte mich nach dir. Ich will dich zu gar nichts zwingen; ich will nur wissen, wie du dir dein Leben einrichten willst.«
»Ja, Erik. Ich fahre von der Bahn in die Sonnenfelsgasse, zu Edith.«
»Aber aus freiem Willen – nicht wahr, meine Heli, nicht mir zuliebe.«
»Dir zuliebe –? Erik – dir zuliebe?«
»Du könntest doch verlangen, denke ich – es wäre dein Recht, daß ich mich öffentlich, ganz öffentlich zu unserer Verbindung bekenne. Vor aller Welt.«
»Oh«, sagte Helene, »das wird kommen, ob wir es wollen oder nicht. Die Menschen werden uns die sieben Tage Hieflau nie verzeihen.«
»Weshalb bist du traurig, Liebling? Du darfst nicht traurig sein!«
»Laß mich, Erik, ach, laß mich! Frag' mich nicht! Du weißt ja doch nicht, was mir wohl tut – und was weh.«
»Weiß ich das nicht? Aber du – Helene, was sind das für Worte?«
»Worte, nichts mehr.«
Pause. Waidhofen, eine kleine Stadt mit leuchtend weißen Mauern und in der erwachten Sonne glänzenden Dächern gleitet vorbei; die Stadt liegt tief im Tal. Man sieht sie noch lange. Sie lächelt gleichsam und ist vergnügt. Dann kommen ernste Wälder. Die schwanken Bäume sind zurückgebogen vor dem brausenden Sturm, der den Schnellzug begleitet. Es ist, wie wenn die Zweige die Arme abwehrend ausstreckten. Und dann sind sie vorbei, und es kommt die weite leuchtende Ebene, ruhevoll. Und in ihr verklingt das

Rauschen des Zuges wie am Ufer des Meeres.
Erik legt den Arm um Helenes schmalen Kopf, und sie sehen beide gegen den fernen Horizont, den immer unbewegten.
»Nein, verwöhn' mich nicht«, sagt sie und will sich freimachen – »mir ist es so schwer – mir ist, als sollte ich mitten im Winter in eiskaltes Wasser. Du sollst gar nicht so gut zu mir sein. So unvernünftig gut.« Sie macht sich los; und mit einer gleichsam verblaßten Stimme sagt sie: »Wir müssen endlich vernünftig sein. Was willst du nun anfangen?«
»Hab' ich dir's nicht schon gesagt? Es ist immer das gleiche. Röntgenstrahlen und die γ-Strahlung des Radiums. Das könnte meine neue Arbeit sein.«
»Woher das Radium? Wo das Laboratorium?«
»Meine Eltern werden nachgeben.«
»Bist du dessen sicher?«
»Ja.«.
»Ich nicht, Erik. Was tust du, wenn sie nicht nachgeben?«
»Ja, das weiß ich nicht.«
»Wirst du mir nicht böse sein?«
»Ich dir böse, mein Liebling?«
»Darf ich dir dann das Geld geben, das du brauchst? Ich weiß ganz sicher, daß du deine Mutter nicht um Verzeihung bitten wirst.«
»Nein, das kann ich auch nicht. Verzeihung wofür? Ich darf mich gar nicht daran erinnern, heute will ich gar nicht an diese Jahre zu Hause denken. Drei Nächte kein Schlaf und nie viel Freude . . . meine Mutter meint es gut . . . meine Mutter versteht es nicht . . . Heli, dir danke ich viel, dir allein.« Aber er sieht sie nicht an, als er dies sagt. Es sind Worte, die abgebraucht klingen, ohne Farbe, ohne Wärme. Der Zug fährt zwischen Felsen, von denen kleine Streifen Wasser über den dunklen Samt des Mooses fließen. Es ist

dunkel im Kupee. Der Zug donnert.

»Heute bist du undankbar gegen deine Mutter«, sagt sie leise, so leise, daß er es nicht hört, »morgen bist du es gegen mich.«

Der Zug geht weiter, beflügelt, wie im Tanz.

Städte, Wälder, Flüsse, Sonne und Nebel, kleine Gärten und weite, unabsehbare Felder kommen vorbei. Ein Tal tut sich auf. Ein kleines, gleichsam gebücktes Tal. »Weidlingau.« – »Wie weit!« denkt er. Er sieht sich dort stehen, im Herbst, im duftenden Dunkel des Waldes, an einem Fenster stehen, über Dina gebeugt. Ihr Gesicht strahlt von Glück. »Sag', liebst du mich?« hört er sie sagen. »Erik, hast du mich wirklich lieb?« Da ist das Tal vorbei. Hohe Häuser, breite Mauern, endlose Vorortzüge. Auf einer kleinen Wiese, schon im Bereich der Stadt, sieht er unter einem aufgespannten Regenschirm ein junges Mädchen und einen jungen Mann sitzen. Sie winken beide dem Zug nach. »Wozu?« denkt Erik.

Schienen. Gleise. Schwere Weichen. Signale, grün und rot. Bogenlampen wie große Perlen hoch in der nebligen Luft. Und dann die Halle des Westbahnhofs, rauchgeschwärzt. Ein eleganter Zug steht da; die Maschine glitzert. Eine Menge Menschen steht vor dem Zug, der in zwei Minuten abgehen soll.

»Sonderbar«, sagt Erik zu Helene, »das alles erscheint mir jetzt wie ein Baum, der bereits geblüht hat – – so entzaubert – die Halle und die Waggons und alles.«

»Wir sind ja auch um eine Woche älter geworden«, sagt Helene bitter.

Da, in diesem Augenblick fühlt er, daß sie ihm nicht gleichgültig ist, daß er sie nicht mehr haßt, wie vor zwei Tagen am Leopoldsteiner See, als Mozarts Andante die Erinnerung an Edith die Bahn des Erinnerns heraufgeleitet hat –

– daß er nicht mehr vor ihr fliehen will, wie einen Tag zuvor, als Dina Ossonsky ihn rief. – – Der Zug am andern Gleise gleitet davon. Weiße Tücher winken.
Erik küßt Helene; er küßt sie impulsiv, wie sich Leute küssen, die sich »Adieu« sagen. Auf lange, auf immer. Und als er seine Lippen von den ihren trennt, weiß er, daß es ein Abschiedskuß war. Er hat Ediths Schwester geküßt.
Sie hat alles gefühlt und nichts verstanden. Dankbar sieht sie ihren Geliebten an, ängstlich und dankbar. Sie geben einander die Hand und verabreden für den Abend ein Wiedersehen in einem Sieveringer Restaurant, dem »Schutzengel«.

20

Erik steigt die Treppe seiner Döblinger Villa empor. Er freut sich auf das Wiedersehen mit seinem Laboratorium, mit den Apparaten, Büchern und Dingen, denen sein Leben bisher gehört hat.
Er will die Tür des Hauptsaales öffnen, in dem der große Rühmkorffsche Induktor und die sechs Röntgenröhren stehen.
Eine Stimme ruft von innen: »Wer ist da? Nicht herein!« so wie jemand ruft, den man bei der Toilette oder in verbotener Gesellschaft stört. Es ist die Stimme seiner Mutter.
Erik tritt ein. Seine Mutter hat einen seiner weißen Mäntel angezogen und ist damit beschäftigt, den Staub von den Apparaten und den Regalen abzuwischen.
Erik hat Angst um seine Röhren, die fast so empfindlich sind wie Treibhauspflanzen. Aber sie sind alle da, alle unverletzt.
Das Gesicht seiner Mutter ist gealtert.
In dem weißen Mantel, der ihr viel zu lang ist, sieht sie gespenstisch und gleichzeitig komisch aus.

Sie ist überrascht; ein kleines Elektrometer, das sie gerade mit einem Hirschlederlappen gereinigt hat, droht ihr aus der Hand zu fallen; aber sie kann es noch auf den Tisch stellen.

Ihr Gesicht glänzt vor Freude, sie läuft zu ihrem Sohn hin, breitet weit die Arme aus; sie leuchtet von Zärtlichkeit, wie – ja, so wie Dina, zu der Zeit, als sie und Erik sich bei der Kirche »Maria am Gestade« trafen.

Aber Erik ist verstimmt; er sieht eine fast Fremde vor sich; ihm ist jede körperliche Berührung, jede Liebkosung von der Hand eines Fremden unangenehm. Es ist etwas wie Ekel, das sich kalt und starr zwischen ihn und seine Mutter drängt. Er hat sein eigenes Schamgefühl; seine Wissenschaft, seine Apparate gehören ihm, und kein anderer soll sich darum kümmern. Er hat es seiner Mutter nicht verziehen, daß sie das schmähliche und traurige Geheimnis seiner Schlaflosigkeit ans Licht gezerrt hat. Jetzt fühlt er, daß zwischen ihm und der alten Frau in seinem weißen Laboratoriumskittel keine Verbindung mehr besteht.

Was soll er ihr sagen? Soll er ihr nochmals ins Gesicht werfen, daß sie gerade gut genug ist, ihm Essen, Kleider und ein Bett zu geben und das Geld für seine Versuche mit Röntgenstrahlen? Es ist wahr. Und im nächsten Moment wird er ihr diese Wahrheit mit Gewalt beibringen. Bei dem leisesten Vorwurf, bei der geringsten Taktlosigkeit. Er glaubt, daß alle Wahrheiten Lebensberechtigung haben, selbst wenn sie einen andern zerfleischen. Alle diese Gedanken drückt er dadurch aus, daß er einen Schritt zurücktritt.

Die alte Frau zuckt die Achseln, und stillschweigend geht sie an die Arbeit zurück. Aber sie ist ungeschickt geworden. Sie zittert vor Aufregung. Sie stolpert über den Mantel, der ihr zu lang ist, das Elektroskop fällt zur Erde und zerbricht.

Erik springt vor wie ein wildes Tier.

Die alte Frau setzt sich nieder; sie ist müde geworden. Sie hat sich auf das Wiedersehen mit ihrem Sohn gefreut. Es ist ein Spiel, wenn ein Mensch alle seine Hoffnungen auf einen andern setzt, selbst wenn es der einzige Sohn ist. Der einzige. Lea Gyldendal hat nie einen andern Menschen geliebt als ihren Sohn. Es ist ein Hasardspiel. Lea Gyldendal ist im Verlieren. Dies sieht sie deutlich; sie hat Erik zwingen wollen, zu ihr zurückzukehren; deshalb hat er die Schlüssel zurückgeben müssen. Es ist ihr nicht gelungen. Sie weiß, weshalb es nicht gelingen konnte. Sie weiß, wer ihren Sohn aus seiner Verzweiflung aufgerichtet hat. Denn er ist aufgerichtet. Sie haßt diesen fremden Menschen, der stärker war als sie.

»Wo warst du?« fragt sie hart.

»Fort.«

»Wo?«

»In Hieflau.«

Er ist zu dem Regal getreten, wo seine Röhren, diese großen, glänzenden Glaskugeln hängen; sie sind schön blank geputzt; er kennt ihre Geschichte. Die älteste ist innen grau, sehr hart durch den Gebrauch; es war seine erste. Er hat sie von London mitgebracht; seine Versuche hat er damals in den Berichten der Akademie veröffentlicht. Es war das erstemal, daß sein Name in diesen Bänden stand. Er fährt streichelnd über das Glas und die Drähte und antwortet zerstreut.

»In Hieflau?« fragt seine Mutter; »mit wem?«

Es liegt Erik durchaus nichts daran, Helenes Namen zu nennen; ohnedies weiß ihn alle Welt; aber er will nicht. Ihm ist die Nähe seiner Mutter widerwärtig, ohne daß er genau wüßte, warum.

Er ist nicht schlecht, nicht gemein, nicht einmal brutal; aber er ist ein Mensch ohne Gemeingefühle, ohne Mitfreude, ohne Mitleid. Dina hat es sofort gewußt. Seine Mutter weiß es noch heute nicht. Sie hält ihn für einen kranken Menschen, für einen Sonderling, der sie liebt, wie jeder Sohn seine Mutter lieben muß. Dieses Mißverständnis gibt der Szene, die jetzt folgt, etwas Tragisches, das gleichzeitig bizarr und komisch ist und das etwas von der unterstrichenen, markierten Komik des Zirkus hat.

»Das geht doch nur mich an«, sagt er höflich.

»Warum willst du mir ihren Namen nicht sagen, den Namen dieses armen Hascherls, dem du den Kopf verdreht hast . . .«

»Mama!« sagt er leise drohend.

». . . und das du entehrt hast, Erik.«

Ich verliere, fühlt sie; das wollte ich doch nicht sagen.

»Nimm es, wie du willst; wir kümmern uns nicht darum, was fremde Leute von uns denken«, sagt er kalt.

Das »wir« empört sie. Sie hat noch ein paar Karten, die spielt sie eine nach der andern aus.

»Wir, Papa und ich, haben uns entschlossen, die Villa den Fränkels zu überlassen. Lilli Fränkel hat sich in Alt-Aussee verlobt. Sie hat euch beide dort in Hieflau getroffen – euch.«

Er schweigt und geht hin und her.

»Da ist natürlich keine Rede davon, daß du deine Faxen noch länger hier oben treibst. Deine Faxen, mit all dem unsinnigen Zeug.« Sie weist auf die Röhren.

Er ist ruhig.

»Du wirst vielleicht sagen, daß ich eine dumme, alte Frau bin, die nichts davon versteht!«

»Ich sage gar nichts, Mama«, meint er ironisch.

»Aber was soll das nützen? Du bist ein erwachsener Mensch und bist immer noch nicht imstande, dir ein Stück Brot zu verdienen; und das ist es nicht allein. Was hat deine Wissenschaft aus dir gemacht? Du bist krank geworden, ein Morphinist.« Sie sprach das Wort aus, wie wenn es etwas abscheulich Schmutziges und Gemeines wäre. »Und was ärger ist, du bist ein verworfener Mensch.«

»Ja, Mama«, sagt er, »ein verworfener Mensch. Leider!«

Sie sieht ihn traurig an, mit dem Blicke eines Hundes, der sich vor Schlägen fürchtet.

Er sieht es nicht; er bemerkt nicht, welch ein Gegensatz zwischen ihren bösen Reden und der mütterlichen Gebärde besteht, mit der sie seine Röhren und Apparate in Ordnung gebracht hat. Er versteht das nicht. Sonst würde er zu ihr gehen. Ein liebes, ein einziges liebes Wort von ihm, und alles wäre gut! Aber ihm fällt dieses Wort nicht ein.

Sie aber liebt ihn, sie hängt an ihm; auch sie gehört zu denen, die an ihn gekettet sind, wie die Sträflinge einer Galeere aneinander. Sie weiß, daß ihr niemand in der Welt etwas ist, außer ihrem Sohn, und daß sie an ihm zugrunde gehen muß, wenn er nicht nachgibt. Sie schüttet ihm ihr Herz aus – und wie alle Menschen, die einen andern lieben und an ihm leiden, begeht sie den schrecklichen Fehler, ihren Sohn bei sich selbst anzuklagen, ihn zum Zeugen und Helfer anzurufen, gegen sich selbst.

»Du bist ein verworfener Mensch«, sagt sie, »einer, der die Hand gegen seine Mutter aufgehoben hat.«

Die Erinnerung an die Szene, an den Weinkrampf, an die Beschämung in Gegenwart des Doktor Sänger empört ihn. Ein Wort von infernalischem Hohn fällt ihm ein. »Ich hab' dir doch nichts getan, Mama!« sagt er leise.

Sie stutzt, dann versteht sie die Beleidigung, die darin liegt.

Sie will ihn nicht schlagen; sie hat ihn nicht geschlagen, als er noch ein kleiner Junge war. Aber sie will ihn in dem treffen, das ihm am meisten am Herzen liegt. Sie steht auf, geht zu dem Regal, auf dem die Röntgenröhren hängen, große, glänzende Kugeln mit Platinelektroden, mit komplizierten, genau ausbalancierten Vorrichtungen, Wasserkühlern und feinen Drähten, die bei jeder Berührung zittern. Sie nimmt die älteste, die innen lichtgrau ist, ganz behutsam in beide Hände, wie ein Wickelkind; sie legt sie nieder auf den dicken Teppich.

Erik steht an der Tür; mit großen, starren, von Angst geweiteten Augen.

Die Mutter stampft mit dem Fuß auf die Kugelröhre, aber sie ist zu schwach, zu aufgeregt, der Fuß gleitet ab.

Erik ist zumute, als würde ein Freund von ihm niedergeschossen und die erste Kugel wäre vorbeigegangen. Alles in ihm ist in Aufruhr, möchte helfen – retten – schützen. Aber er bleibt starr.

Ein lautes Krachen. Er hat weggesehen.

Jetzt sieht er hin; die Röhre ist zersplittert. Ein Glasstück hat Frau Lea Gyldendal am Kinn getroffen; sie blutet.

Sie nimmt die zweite Röhre ebenso behutsam in beide Hände, wie ein Wickelkind; sie ist blaß und sieht Erik nicht an.

Sie glaubt an Gott. In ihrer Seele beschwört sie Gott, daß all das Schreckliche Erik zu ihr führen möge. Aber sie fühlt, daß sie verliert, unrettbar verliert.

Die zweite Röhre packt sie in ein schwarzes Tuch. Es ist, wie wenn man junge Hunde in einen Sack stopft, bevor man sie ins Wasser wirft.

Sie zerstampft den Sack. Die Hunde kreischen nicht.

Sie stopft die dritte Röhre in den Sack, die vierte, die fünfte. Stille. Stille.

Erik nimmt seinen Hut.

»Danke, Mama«, sagt er, »danke.«

21

Erik Gyldendal hat nie so gut ausgesehen wie jetzt. Seit der Reise nach Hieflau sind fast vier Wochen verstrichen. Vier prachtvolle Wochen Arbeit! Er hat sich von seiner Geliebten eine Vollmacht ausstellen lassen, mit ihrem Geld hat er sich ein vollständiges Privatlaboratorium eingerichtet, er hat sich ein Milligramm Radiumbromid gekauft, das ein kleines Vermögen kostet, er hat neue Röntgenröhren, die exakter arbeiten als die früheren; aber sie haben keine Individualität, keine Vergangenheit. Desto besser!
Erik Gyldendal schläft gut. Seit der ersten Liebesnacht ist der Fluch der Schlaflosigkeit von ihm genommen, wie durch ein Wunder. Er legt sich abends zu Bett, frühmorgens steht er auf, wie jeder andere gesunde Mensch. Er ist gesund; er ist glücklich. Nur daß seine Hände immer aufgesprungen sind; es sind sogar zwei kleine Geschwüre da, nicht größer als eine Linse, sie schmerzen aber nicht. Helene hat ihn gebeten, zu einem Arzt zu gehen; er tut es nicht. Ihm sind Ärzte widerwärtig; sie soll ihn nicht damit quälen; er will sich nichts raten, nichts befehlen lassen; und dann sind es ja auch nur zwei kleine Geschwüre an der rechten Hand. Er ist vollkommen glücklich; glücklich, weil er eine Hoffnung hat. Er ist jemandem wirklich gut, er liebt einen Menschen aus der Ferne, schwärmerisch, demütig wie ein Gymnasiast. Er schreibt Briefe an Edith, wo er sie schildert, wie sie in einem dunklen Zimmer Violine spielt, die dunkle Geige an ihre weiße Brust gepreßt; es ist Abend, in einer kleinen Villa. Sie sprechen von der weiten Welt, in der sie ihre Erfolge hat, Tausende von Menschen gibt es da, die ihr lauschen, die sie verehren, die ihr zujubeln. Tausende. Er ist der letzte unter ihnen, Erik Gyldendal. Er hat ihr nichts zu geben als sein Herz. Nein, noch etwas: seine Erotik. Helene

hat ihm gehört, sie gehört ihm noch. Aber er hat sie nicht mehr berührt, seitdem sie in Wien sind.

Erik und Helene gehen abends spazieren. Er fängt an, von irgend etwas zu berichten.

»Geheimrat Ostwald will meine Arbeit in den ›Klassikern der exakten Naturwissenschaften‹ publizieren.«

Sie: »Das ist eine große Ehrung für dich.«

Er: »Ja. Ich habe mich auch sehr darüber gefreut. – Und du, was hast du heute getan?«

Sie: »Ich übersetze jetzt Virgil. Es ist sehr wahrscheinlich, daß ich Virgil zum schriftlichen Abiturientenexamen bekomme.«

Sie sprechen über all diese Dinge; über alle möglichen Dinge und Menschen, nur nicht über Edith; nie über Edith.

Sie sehen im Vorübergehen in die erleuchteten Fenster der Heurigenschenken hinein: Eheleute, die lange Jahre schon verheiratet sind, werden da übermütig und verliebt, fangen an, miteinander zu tanzen – ein alter Herr dreht ein kleines blondes Mädel herum, das erst im nächsten Jahre in die Tanzschule gehen soll. Man jubiliert, weil der Wein gut ist, weil man noch jung ist, immer noch, und weil die Sommernacht so weich ist und voll von spätem Blütenduft.

Erik und Helene stehen draußen und sprechen von Physik oder vom Abiturium.

Helene hat einen harten, gequälten Ausdruck im Gesicht, der sie alt macht.

Er bildet sich deshalb ein, sie wolle ihm Vorwürfe machen. Deshalb beginnt er selbst mit Vorwürfen. Wenn sie sich einmal um zwei Minuten verspätet, sagt er: »Es ist das letzte Mal. Wenn du nicht pünktlicher bist, dann kannst du sehen, wo du mich findest!« Sie entschuldigt sich. Die Elektrische ist so lange nicht gekommen. Er schweigt eine Weile, geht neben ihr her, sieht ihr ins blasse Gesicht, dann bleibt er stehen.

»Ja, ich sehe es, du liebst mich nicht mehr. Sag's doch selbst! Du siehst es doch ein, daß es nicht mehr zwischen uns ist wie früher.«

Sie schweigt. Wie soll sie ihm beweisen, daß er unrecht hat?

»Du wirfst mir vor«, sagt er, »daß ich Geld von dir nehme, nicht wahr? Du kannst es mit deinen Idealen nicht vereinigen, daß ich meine wissenschaftlichen Versuche mit deinem Geld bezahle?«

Sie wird böse über diese Zumutung; aber sie schweigt.

»Ja«, sagt er, »wenn einmal das Wort Geld fällt, dann hört die Gemütlichkeit auf.«

»Wenn du das glaubst«, sagt sie erstickt, »dann will ich dir lieber adieu sagen.«

»Ja, ganz recht, gib mir den Laufpaß!« Er fühlt jetzt, gerade jetzt, wo er Helene mit klarem Bewußtsein quält, daß er ihre Schwester über alles liebt. Ihm tut diese Stunde leid, die er Edith widmen könnte. Er könnte ihrer Geige zuhören, könnte ihr wundervolles Haar streicheln, Hand in Hand mit ihr in der Dunkelheit sitzen, vor einem Kamin. Dann würde sie das Licht anzünden, mit jener Bewegung einer antiken Göttin, mit der leidenschaftlichen Geste der athenischen Nike, die er noch nicht vergessen hat, die er nie vergessen wird.

Alles in ihm sehnt sich nach Edith. Er fühlt sich reicher um diese Sehnsucht, die er nie früher gekannt hat.

Und weil Helene ihm im Wege steht mit ihrer dummen Güte, weil sie sich durch nichts abschrecken läßt, weil sie immer noch an ihm hängt, deshalb haßt er sie. Es ist eine Hölle rings um die zwei Menschen, ein unbekanntes, weites Reich von Schrecklichkeiten. So glücklich sie einander machen könnten, so unglücklich machen sie einander.

Jetzt drängt alles zu einer Entscheidung, zu einer dramatischen Szene, zu einem Entweder-Oder. Aber dieses Ent-

weder-Oder gönnt er ihr nicht. Er beginnt wieder vom Examen zu sprechen, während sie ihn bis zu seiner Wohnung begleitet und sich schwer in seinen Arm hängt.
So wie er vor fünf Wochen Angst gehabt hat vor der einsamen schlaflosen Nacht, so hat jetzt Helene Blütner Angst davor. Aber er kümmert sich nicht darum und rät ihr, Eisen und Veronal zu nehmen. Als ob ein Unglücklicher krank wäre!
Sie sehnt sich nach einem Kuß, nein, nur nach einer leisen Zärtlichkeit. Aber Erik ist der andern ewig treu, unbarmherzig treu der Frau, mit der er zehn Worte gesprochen hat und in die er sich verliebt hat, als sie den Gaslüster anzündete. –
Helene glaubt immer noch nicht daran, daß sie unglücklich ist; sie lebt von ihrem Willen zum Glück, und manchmal bringt sie es zu einer gespenstigen Heiterkeit. Aber das ist noch der schönste, behaglichste Winkel ihrer Hölle, ein Tag wie der. – –
Ein anderer Abend. Es sind immer nur Abende, die er für sie übrig hat; sie kennt sein Zimmer nicht, er hat sie nie mehr eingeladen, zu ihm zu kommen; er hat sie nicht aufgefordert, ihn bei seinen Experimenten zu unterstützen. Sie hat sein Laboratorium, in dem der größte Teil ihres Vermögens steckt, nicht betreten. Sie bittet auch nicht darum. Es sind einfache, klare Verhältnisse. Er hat seine eigene Welt. Er strahlt wie seine Röntgenstrahlen ein Licht aus, zwei Arten von Strahlen: α)-Strahlen, β)-Strahlen, α) seine Wissenschaft, β) seine Leidenschaft für Edith. Diese Welt gehört ihm allein. Die Abfälle seiner Zeit gibt er als Entgelt für Helenes Aufopferung hin; widerwillig, mit dem Bewußtsein, daß auch das viel zuviel ist – seine Abende, nachdem er sich müde gearbeitet hat, mit Gedanken, Experimenten und Zahlen; und bevor er zu träumen angefangen

hat von Edith, von ihren weißen Armen, von der leicht geröteten Stelle an ihrer Brust, die gerötet ist, weil sie ihre Geige dort aufstützt. – –

Seine Mutter war Sängerin gewesen. Sie hatte den Bankier Gyldendal geheiratet und der Bühne entsagt. Frau Gyldendal. Mutter, Hausfrau, Gattin. Ihr Gatte hatte ihr vorher versprechen müssen, daß er nie in die Oper gehen würde und daß in ihrem Hause nie von Musik gesprochen werden sollte.

Er war sehr musikalisch und liebte die Musik. Mehr aber liebte er seine Gattin. In seinem Hause hörte man nichts von Musik, und Lea Gyldendal hatte keine trüben Erinnerungen. Ihr Sohn durfte nicht Cello spielen lernen, Musik blieb das verlorene, ewig ersehnte, nie erreichte Paradies seiner Kindheit. Jetzt war es ihm eröffnet: in Edith liebte er die Musik und in ihr alles unbekannte Glück.

Ein Abend: Helene und er waren wieder in dem Gasthaus »Zum Schutzengel«. Dicht neben der Baracke, in der Grillparzer und Beethoven im gleichen Jahre (1804) gewohnt haben. Das ist ein sonderbares Gasthaus. Wenn man von der kühlen, stillen Straße hereinkommt, sieht man einen kleinen Hof, in dem ein Brunnen rauscht; auf dem steht als Brunnenfigur eine ungeschickt gemachte, aber rührend einfache Statue eines Engels. Dann kommt eine Stiege, eng wie eine Hühnerleiter und eine Terrasse. Linden, die eben erblüht sind. Grüne Windlichter auf den weißen Tischen. Nachtfalter. Ein paar Leute, zerstreut im Halbdunkel. Von irgendwo Musik: »Rosen aus dem Süden« von Johann Strauß. Dann eine zweite kleine Stiege, eine zweite Terrasse, über der ersten, so hoch, daß man auf die Kronen der Bäume herabsieht, die auf der ersten wurzeln. Hier spielt die Musik.

Eine Stiege. Eine dritte Terrasse. Ganz still. Hoch über

aller Welt. Ein weicher Wind weht. Weit unten – Wien. Die Donau mit den zwei Reihen Lichtern, der Stefansturm, die Kuppeln der Hofmuseen und dann, zauberhaft bewegt, am Rande des Horizonts, das Riesenrad im Prater. Und über allem die Stimmung: nur hier kann man leben, nur hier glücklich sein.

Helene war voller Wünsche – der Abend konnte wieder Glück bringen; man stand immer an der Pforte des Wunders, man mußte nur über die Schwelle treten. Sie nahm Eriks Hand verstohlen unter dem Tischtuch und drückte sie, und ließ die Hand nicht los.

Es war die erste Berührung ihrer Körper, seitdem sie in Wien waren.

Er fühlte langsam, wachsend wie eine Flut überwältigend die Sehnsucht, er fühlte ihre Sehnsucht – und die eigene. Er stand auf, warf Geld auf den Tisch, und sie gingen fort; sie sprangen die drei Treppen herab. Der Kellner mit dem bestellten Wein begegnete ihnen, sah erschreckt zu ihnen auf, wagte aber nicht, sie aufzuhalten.

Der Brunnen mit dem Schutzengel rauschte.

Vor dem Eingang blieb Erik stehen; er bereute. Sie verstand ihn. So eng waren sie aneinandergekettet, daß sie seine Gedanken unausgesprochen erriet. Der Instinkt erriet alles, während ihr Verstand die Augen schloß – immer noch.

»Weshalb kommst du nie zu uns?« – Eine Stimme diktierte ihr die Worte. »Komm doch einmal! Edith wird sich freuen!«

Er gab ihr nach – sie nahmen einen Wagen. Er gab seine Adresse an.

»Edith hat schon oft nach dir gefragt«, sagte sie. Sie wußte, daß es ihre letzte Karte war, die sie ausspielte. Er antwortete nicht.

Ich werde sie sehen! jubelte es in ihm. Leidenschaftlich schlug er seine Arme um Helenes nackten Hals, der so kühl war. Er berauschte sich an dem Duft ihrer Haare. Er kämpfte noch mit sich selbst. Ich verrate mich, dachte er; wem gehört diese Glut? –

Glut? Sie soll Asche werden, sie soll zu Ende glühen. Diese Nacht soll die heißeste sein und die letzte. An Asche macht keiner sich die Hände schmutzig, nur an Kohlen. Die letzte, die wildeste!

Der Wagen hielt.

»Komm!« sagte er. »Leise, daß die Portiersfrau dich nicht hört!«

Sie stockte. Ich bin seine Geliebte nicht mehr, ich bin bloß seine Mätresse. Aber es war zu spät. Sie hätte ihm alles geopfert, um noch einmal in seinen Armen zu liegen, alles, was sie noch besaß.

Stilles dunkles Zimmer, die Vorhänge herabgelassen. Sie stehen schweigend, dann verkrallen sie sich, Hände, feuchte, zitternde Hände in Hände, heiße, trockene Lippen an Lippen. Ein Augenblick und eine Ewigkeit.

Dann – dann – sie lassen sich los wie wilde Tiere, die ihre Kraft sammeln, um sich noch einmal aufeinander zu stürzen. Sie verstehen sich; sie tut alles, was er will. Schmerzliche Seligkeit, Wonnen, die zerfleischen. Stille. Sie ist traurig, nur traurig; warum hasse ich ihn nicht? Warum kein Ekel? Warum? – Ein letzter, lasterhafter, süßer Kuß. Sie schleppt sich die Treppe herab. Der Wagen wartet unten. Sie schläft sofort ein. In der Sonnenfelsgasse weckt sie der Kutscher, indem er mit dem Stiel der Peitsche ans Fenster klopft. Sie hat Schmerzen, und sie ist traurig. Es ist beinahe wie das erstemal.

22

Sie dachten immer, es sei das letztemal. Und gegen ihren Willen fielen sie sich von neuem in die Arme. Erik tröstete Helene, und Helene tröstete ihn. Seine schwärmerische Liebe zu Edith lastete über ihnen, schwer, wie eine Gewitterwolke, die sich nicht entladen will; man weiß noch nicht, wird Landregen daraus oder Donner und Blitz.
Diese fremde Liebe lag in jedem seiner Küsse, in jeder ihrer Umarmungen und gab ihrem Zusammenleben etwas Unirdisches, das süß und traurig war.
Eine neue Idee beschäftigte ihn; er arbeitete so intensiv, daß er in seine Vorlesung die neuen Probleme und Versuchsanordnungen mitbrachte, obgleich er voraussetzen mußte, daß die Studenten sie nicht verstünden. Sie schrieben doch nur stumpfsinnig und gehorsam alles mit, was man sagte. Erik erinnerte sich Dinas, die auch einmal hiergewesen war.
Seit dem Abend »Im Schutzengel«, seitdem er seine Liebe zu Edith verraten hatte, fühlte er sich der Russin näher. Er hatte die Achtung vor Helene verloren; die Achtung vor sich selbst war nicht mehr groß genug. Und seine neuen Arbeiten und Ideen hatten kein andres Ziel, als ihm selbst zu imponieren.
Eines Nachmittags erwartete er Helene. Es war schwül; sinnliche Vorstellungen und Bilder mischten sich in seine mathematischen und physikalischen Gedanken.
Da klopfte es an der Tür, leise, schüchtern.
»Ja!« sagte er. Niemand kam; es klopfte nochmals.
»Herein!« schrie er und öffnete selbst; die Tür war versperrt gewesen.
Dina Ossonskaja stand vor der Schwelle und lächelte.
»Bitte«, sagte er.

»Ich dachte, du würdest dich freuen, wenn ich wieder einmal käme«, sagte sie. »Übrigens habe ich eine Bitte an dich. Aber das ist nebensächlich. Wie geht's dir?« Sie reichte ihm die Hand. »Gestattest du, daß ich mir eine Zigarette anzünde?« Sie zog eine kleine, goldene Tabatiere heraus. »Du rauchst nicht, ich weiß.«

»Die hübsche Tabatiere!« sagte er, »hast du sie von ihm?«

»Was fällt dir ein? Es ist gerade umgekehrt. Aber er würde sie sofort verspielen, und da hab' ich sie lieber zu mir genommen.«

Es war Zynismus in der Bemerkung. Erik fühlte Mitleid mit ihr; nein, es war nicht Mitleid, es war nur Hilfsbereitschaft.

»Eigentlich hättest du ihn doch heiraten können«, sagte er, »und nicht ...«

»Du meinst, seine Mätresse sein? Gewiß. Aber es wäre doch nur ein Konkubinat geworden, keine Ehe.«

»Kannst du dich nicht von diesem Menschen losmachen?«

Sie sah ihn fragend, mit großen, erstaunten Augen an.

»Wozu? Wem zuliebe?«

Er schwieg. Sie rauchte ihre Zigarette bis zur Hälfte, warf sie fort und zündete eine neue an.

Ihr Kleid war aus erdbeerfarbiger Seide und hatte viele Volants. Sie war leicht parfümiert. Lilas royal. Sie hatte die Beine übereinandergeschlagen, so daß man die Beine in grauseidenen Strümpfen bis zum Knie sah.

Dina bemerkte das und richtete ihr Kleid.

Warum schämt sie sich vor mir? dachte er. Sie liebt den Griechen, denn sonst würde sie nicht mit ihm zusammenleben.

»Nun, was macht dein Freund? Wie hieß er doch nur?«

»Janoupulos. Er hat in den sechs Wochen sechzigtausend durchgebracht.«

»Dein Geld oder seines?«

»Hab' ich dir nicht erzählt, daß er meiner Hausfrau die Miete seit Monaten schuldig war? Er hatte nicht fünf Heller.«

»Du bist generös, das muß dir der Neid lassen!« meinte Erik.

»Ach, bitte! Es amüsiert mich.«

»Und jetzt?«

»Er ist abgereist. Deswegen komme ich ja her.«

»Auf immer?«

»Nein, auf fünf Tage; angeblich nach Karlsbad, wo ein reicher Onkel von ihm zur Kur sein soll.«

»Soll?«

Sie stand auf, trat hinter seinen Stuhl, wie wenn sie sich vor seinen Blicken fürchtete.

»Ich will dir die Wahrheit sagen. Es sind nicht sechzigtausend. Es ist mehr. Er hat mein Depot bei der Kreditanstalt durchgebracht. Alles. Papa wünscht, das ich nach London zu ihm komme; und meine Mama, das heißt meine Stiefmama, die wünscht es nicht. Übrigens ist das ganz vernünftig. Ich habe um Geld geschrieben, aber sie öffnet die Briefe und verbrennt sie, so daß Papa keinen einzigen bekommt. Übrigens geht es ihm nicht gut. Mon ami est parti, sans me laisser le sou; pourquoi?« Sie ging im Zimmer hin und her.

»Jeder Mensch hat sein Kapital. Janoupulos aber, der lebt von den Zinsen der andern. Das ist er sich schuldig. Das heißt, er will mich zwingen, mit mir selbst Geschäfte zu machen.«

»Was fällt dir ein! Er will von dir . . .?«

»Das kommt dir so fürchterlich vor? Das ist doch gar nichts gegen das, was du von mir verlangt hast. Ja oder nein – entscheide dich, Dina: eins, zwei, drei. Sieh, er ist nicht nur ein sehr schöner, sondern auch ein sehr kluger Mensch. Er läßt mir Zeit. Er reist ab, in aller Zärtlichkeit, und läßt mir keinen Kreuzer da. Sans me laisser le sou. Aber seine Freunde kommen, sie bieten mir alles an, ein Souper bei Sacher, Schmuck, auch Geld, aber das alles, natürlich, nicht umsonst. C'est juste. Und er weiß ganz genau, wie lange ich hungern kann und anständig bleiben. Anständig?! An Janina kann ich nicht schreiben, denn erstens würde sie mich anspucken und zweitens hat sie selbst nichts. Ist dir das klar?«

»Gewiß«, sagte er aufgeregt; »aber die Polizei . . .«

»Um Himmels willen! Nur kein Skandal! Sieh, Erik, heute verstehen wir uns gut; und weshalb? Weil du gesunken bist und ich auch. Ich habe nochmals an die Stiefmutter telegraphiert; vielleicht rührt sich etwas in ihrem Stubenmädelherzen für mich. – Aber wenn nicht – dann wartet ein Dragoner-Oberleutnant auf mich.«

»Und du würdest . . .?«

»Ich muß. Verstehst du denn das nicht? Ich muß! Du großer Menschenkenner und noch größerer Physiker, du kennst ja die Gleichung von der schiefen Ebene: $v = \frac{gt^2}{2}$. Nicht wahr, ich bin eine brave Schülerin? Du lehrst die Formeln, und deine Schülerin Dina Ossonskaja wendet sie an.«

»Das ist schrecklich«, sagte er, »ich werde dir helfen.«

»Deshalb bin ich gekommen.«

»Nur deshalb?«

»Deshalb? Glaubst du, eine Frau stürzt sich ohne Grund aus dem Eisenbahnwagen, wenn sie nicht Hilfe haben muß, unbedingt haben muß – von dem . . .«

»Du glaubst, daß ich schuld daran bin?« fragte er.

»Schuld? Du hast vielleicht keine böse Absicht gehabt. Schließlich bin ich ja rein aus deinen Händen hervorgegangen; so würde wenigstens deine Mama sagen; bürgerlich

rein, körperlich rein – aber . . . Und dann. Du hast mich zweimal weggejagt wie einen Hund. Warum? Weil du mich für mehr emanzipiert gehalten hast als ich war. Bin ich dir jetzt emanzipiert genug?«
»Ich begreife dich nicht«, sagte er bedrückt. »Ich werde dir das Geld geben. Aber ich muß zur Bank. Ich hab' nicht so viel hier.«
»Schön, komm nur, mein Wagen wartet noch.«
»Dein Wagen?«
»Glaubst du, solche Wege, wie den zu dir, macht man zu Fuß?«
Der Kutscher sah die beiden und grüßte:
»In die Operngasse zum Baron . . .?« fragte der Kutscher.
»Nein, in den Bankverein!« sagte Erik.

23

Helene kommt zu Erik. Sie klopft, aber niemand antwortet. Sie will die Tür öffnen; sie ist versperrt. Helene ist niedergeschmettert. Sie hat das Gefühl, als hätte sie sich nie so auf ihn gefreut, ihm nie so unendlich viel zu sagen gehabt wie heute; sie fürchtet, sie würde nie mehr so schön und so begehrenswert sein wie heute.
Langsam geht sie die Treppe hinab. Die Hausmeisterin kommt aus ihrer Zelle heraus, mustert sie und geht wieder zurück. Die Tür wird brutal zugeschlagen. Es riecht nach kaltem Pfeifenrauch.
Alle Hausmeister rauchen Pfeifen; warum? denkt Helene. Sie will an alles andre denken, nur nicht an Erik. Sie will ihre Zeit mit allem möglichen ausfüllen, nur nicht mit dem Gedanken an ihn. Aber sie kann es nicht. Sie liebt ihn nicht mehr, sie bemitleidet ihn und sie ist unglücklich. Aber sie hängen aneinander mit allem Schlechten, das in ihnen ist.

Gestern abend kam Edith zu ihr und wollte sich an den Bettrand setzen; während Edith zu Helene sprach, fiel das Hemd herab. Mit einem sonderbaren Blick betrachtete Helene die Nacktheit ihrer Schwester, den Ansatz ihrer Brust, die im Schatten lag, den Nacken, der ihr leuchtend zugewendet war.
Was liebt Erik an ihr? dachte sie. Was ist an ihr besser als an mir?
Sie selbst war schöner geworden, aber in ihrem Gesicht war ein Zug von Müdigkeit und Vergessenwollen. Der verschwand nie. Sie wußte nicht, ob das die Spuren seiner grausamen Liebkosungen waren oder die einer beginnenden Schwangerschaft.
Langsam kehrte sie den Weg zu seiner Wohnung zurück. Das waren nicht die einzigen Sorgen. Neben diesem großen Spiel, bei dem es auf Tod und Leben ging, gab es noch eine kleine Rechnung, und die bestand darin, daß Erik von ihrem Gelde so viel verbraucht hatte, daß sie selbst nicht mehr von den Zinsen leben konnte. Sie konnte nicht mehr allein, nicht mehr selbständig leben, sondern mußte mit Edith zusammenhalten; sie war von Ediths Geld vollständig abhängig.
Edith wußte das. Helene hatte einen Ekel vor ihrer Schwester. Sie konnte es verstehen, daß Erik in sie verliebt war, aber ihr erschien es wie Blutschande, wenn Edith halbnackt an ihrem Bette saß und ihr Trost zusprechen wollte.
Helene sank; langsam aber unaufhaltsam. Sie sank deshalb, weil sie der Trank aus dem vergifteten Brunnen ihrer Liebe glücklich machte. Alles vergaß sie in seinen Armen und sehnte sich schon jetzt wieder nach ihm. Ihr Leben war so arm gewesen, bevor Erik kam, und jetzt war es noch tausendmal ärmer ohne ihn. Sie sank, weil sie eifersüchtig

war, so eifersüchtig, daß sie heimlich Ediths Briefmappe öffnete und darin nach Briefen von Erik suchte. Sie fand sie nicht. Als aber Edith am andern Tag ein Notenheft aufschlug und ein großer Brief daraus fiel und Edith rot wurde – da wußte Helene, daß Erik sie mit Edith betrog. Aber sie hatte nicht den Mut, diesen Brief von der Schwester zu fordern; sie war feig geworden. Erik betrog sie mit Edith. Vielleicht nur mit Worten, mit einem Blick, mit irgendeiner schüchternen Liebkosung, die gerade deshalb so schwer wog, weil sie schüchtern und nichtssagend war und doch beiden, Erik und Edith, genügte.

Sie trat in das Haus wieder ein.

Die Portiersfrau schoß wie ein Drache aus ihrer Zelle und fing an, auf die »verflixte Wirtschaft« zu schimpfen; daß auch anständige Parteien im Hause wohnten, daß sie sich nicht das Maul stopfen ließe durch Trinkgelder, daß sie zur Polizei schicken würde, und das Fräulein und die andern – das seien alle Straßenmädchen . . .

Blaß und wie gepeitscht kam Helene in Eriks Zimmer.

»Du mußt die Wohnung kündigen«, sagte sie, »dieses Weib hat mich beschimpft.«

»Ach Gott, sagte er kühl, »nimm das doch nicht so ernst! Sie hat halt ein böses Maul. Aber sie meint es nicht so.«

»Wie du willst«, sagte Helene.

Sie sah auf dem Tische die kleine goldene Tabatiere, die Dina zurückgelassen hatte.

»Von wem hast du die?« fragte sie.

»Ach, Dina Ossonskaja hat sie hier gelassen.«

»Ja«, sagte sie, erstarrt vor Wut, »dann versteh ich alles. Die Portiersfrau hat recht. Es ist nicht genug, daß du mich mit Edith betrügst . . . und ich habe dich doch selbst zu uns eingeladen!«

»Bitte, weiter!«

»Nein, du hast noch eine Mätresse nötig! Noch eine!«
»Weshalb schreist du so?« fragte er.
»Bitte, ich erlaube dir ja alles. Du kannst heute die Ossonskaja küssen und morgen meine Schwester ... Nur mich laß in Ruhe. Vorher aber ...
»Du willst dein Geld? Du bekommst es! So viel haben die Gyldendals noch, um ...«
Sie war erstarrt.
»Ist das dein letztes Wort?«
Er sah sie vor sich, glühend in ihrem Zorn, begehrenswert.
»Bitte mich um Verzeihung! Du hast mir und Dina unrecht getan. Und Edith.«
»Ja«, sagte sie, unter der Gewalt seines Blickes, »ich bitte dich um Verzeihung; bitte, sei nur nicht mehr böse.«
»Und jetzt komm!«
»Nein, nicht jetzt. Es ist Tag und ...«
»Ich will es; ich will es, hörst du?«
»Und ich will nicht.«
Er riß sie zu sich heran, an ihrem weißen Leinenkleid, das von oben bis unten mit einfacher Stickerei bedeckt war.
»Du zerreißt mein Kleid!«
Er zerrte daran, bis es zerriß.
Sie dachte nicht mehr; sie fühlte nur die Nähe seines Körpers und die Glut seiner Lippen. Ihr Herz klopfte. Die Adern am Halse sprangen.
»Du«, sagte er flüsternd, »wer ist eigentlich schöner, Edith oder du?«
Leichenblaß, die Finger in die Handfläche gekrümmt, ganz starr vor Schmerz sagte sie:
»Nein. Laß mich! Ich will nicht; ich will dich nicht – nein, nein, küss' mich nicht, das darfst du ja nicht ... Du hast Edith lieb. Nein, jetzt hast du sie nicht lieb; laß mich fort, es ist das letztemal. Nur einmal küss' mich noch – nicht so,

nein, ganz leise – nein, ganz leise, zum letztenmal.«
Sie fühlte so unendliche Wollust und so unendlichen Schmerz, daß sie das Bewußtsein verlor. Sie sank nieder auf die Knie, die Wäsche, nur halb gelöst, fiel in Unordnung auf den Boden, auf dem Dinas Zigarettenreste lagen.

24

Es ist vier Uhr nachmittags. – Ein klarer, stilldurchsonnter Tag. – Christian Gyldendal und seine Frau sitzen in einer kleinen Laube, ganz am Ende ihres Gartens im Wiener Cottage, einander gegenüber. Lea Gyldendal hat eine Handarbeit im Schoß und arbeitet; da sieht sie nichts vor sich als ihre vielen weißen, grünen und roten Seidenfäden, die in einem kleinen Körbchen liegen.
Christian Gyldendal sieht still zu, mit dem alten, sanften, leise fragenden Lächeln auf den feinen Lippen. Er wartet, bis eine Pause in die Arbeit von Leas Händen kommt, die jetzt so unruhig in dem Gewirr der schimmernden Seidenknäuel wühlen. Aber Lea Gyldendal sieht diesen fragenden Blick nicht.
»Du hast ihn nicht wieder gesehen?« fragt Christian endlich in die Stille hinein.
Lea schrickt empor und sieht ihren Gatten an.
»Du hast ihn seither nicht wieder gesehen?« wiederholt Christian.
»Nein«, sagt Lea.
»Es – – es wäre doch besser, ich ginge zu ihm«, sagt er. »Heute oder morgen – aber diese Woche noch.«
»Tu's nicht! Ich bitte dich, Christian, tu's nicht!« sagt Lea.
»Wir können doch nicht ganz auf ihn verzichten!« sagt Christian nach einer Weile mit einem bitteren Lächeln.

»Sollen wir hier leben und er dort? Sollen wir uns auf der Straße sehen und uns nicht grüßen?«
»Tu, was du willst«, sagt Lea hart.
Christian blickt durch die Tür der Laube hinaus auf eine weite, mild übersonnte Wiese, auf der einige spät blühende Rosenstöcke stehen.
»Ja«, sagt Lea, die seinem Blick gefolgt ist, »du solltest doch dem Gärtner sagen, daß der Rasen in diesem Jahr sehr schlecht aussieht. Ganz dünn. Es ist förmlich, als ob Löcher drin wären.«
»Die Spatzen fressen den Grassamen fort«, meint Christian.
»Was geht das uns an?« sagt Lea. »Ist das nicht seine Sache?« –
Die Nadeln klirren. Es sind weiße Elfenbeinnadeln mit stählerner Spitze. – Christian Gyldendal steht auf, will gehen und kommt zurück. Lea Gyldendal sieht erstaunt zu ihm auf. Er tritt ganz nahe an sie heran, ihre beiden Hände nimmt er in seine.
»Du, Lea«, sagt er, »wäre es nicht doch besser, wenn wir ihm schreiben? Du und ich, jeder eine Zeile? Eine Zeile nur? Ein Wort? Er könnte zu uns kommen – und wenn es täglich auch nur für eine Stunde wäre – – vielleicht läßt sich alles noch ins Geleise bringen. Er könnte wenigstens abends mit uns speisen – ihr beide würdet euch ganz gewiß wieder aneinander gewöhnen.«
»Glaubst du?«
»Ja, alles kommt wieder ins richtige Geleise. Ich will selbst mit ihm sprechen. Er wartet auf uns, wie wir auf ihn. Ich weiß, er erwartet dich, oder einen Brief von dir. Es ist ja so unendlich leicht, wieder Frieden zu schließen. Alles wird durch Güte gut. Und unser Sohn – sag' Lea – unser einziger – sollte nicht gut werden durch deine Güte?«
»Du irrst dich, Christian. Er wartet auf keinen Brief von

uns. Kinder warten nicht auf Briefe von ihren Eltern. Mütter ›gewöhnen‹ sich nicht an Söhne. Wenn er nicht aus eigenem Antrieb kommt – nein, dann war er nie hier zu Hause – hier, bei uns. Und nun –«

»Und nun?«

»Nein, wir zwei sind für ihn gar nicht mehr auf der Welt. Das ist alles. Und wenn du auch ihn wirklich mitbringst, und wenn er hier, an diesem Tisch, neben uns sitzt – glaub' mir, Christian – es ist doch nicht anders, als wenn wir zwei hier sitzen. Du und ich. Wir zwei ganz allein.«

»Das kann ich nicht verstehen«, sagt Christian.

»Ich kann es sehr gut verstehen. Das ist keine Sache von gestern und morgen, und von dieser Woche. Ich habe Fehler begangen – und . . .«

»Ja«, unterbricht er sie schnell. »Du warst zu streng.«

»Nein, ich war zu schwach.«

»Darüber werden wir nie einig!« sagt er und steht auf. Aber sie hält ihn mit einem Blick zurück. Die beiden alten Leute sehen einander an und schweigen. Dann sagt sie plötzlich, als hätte sie die ganze Zeit nur daran gedacht:

»Graf Schrottenbach ist heute vormittag gestorben.«

»Der Mann der Vignano?« fragt er.

»Ja. Ich muß ihr kondolieren. Wir waren früher sehr gut miteinander. In ›Don Juan‹ haben wir beide gesungen. – Jetzt habe ich sie schon durch Jahre nicht gesehen. Ich habe schon graue Haare; die Vignano singt noch die ›Donna Elvira‹.«

»Sie ist in den letzten Jahren nur noch selten aufgetreten«, sagt er.

»Ja, sie war mit ihm viel auf Reisen. Und das Organ war von jeher sehr zart.«

»Sie wird sich jetzt wohl ganz von der Bühne zurückziehen –« sagt er.

»Ich denke nicht«, sagt Lea. »Sie hing früher mit jeder Fiber an ihren Rollen. Nein, – solange sie lebt, solange sie noch ihre Stimme hat, wird sie keine Rolle zurückgeben. Und wenn sie von ihrer Villa in San Remo eigens herüberkommen müßte, um die ›Donna Elvira‹ zu singen – ihr ist es die Müh' wert.«

»Und – Lea, wenn du jetzt daran denkst, was du vom Leben hättest haben können, wenn du bei der Bühne geblieben wärst . . . sag' – bereust du es?«

»Sprich nicht davon«, sagt Lea. »Du weißt, ich will es nicht. Erinnere mich nicht daran.«

»Nein, Lea, ich wollte dir nicht weh tun.«

»Du – mir?« fragt sie, mit einem ganz weichen Lächeln. »Hörst du es nicht heraus, die ganze Zeit – aus jedem Wort? Ich, ich bin es, die sich im Unrecht fühlt.«

»Ihm gegenüber?«

»Ihm und ganz besonders dir. Deshalb hab' ich auch solche Angst vor einer Abrechnung.«

»Nein, Lea, das wird keine Abrechnung wie im letzten Akt auf dem Theater. Du warst ein Glück für mich. Und Glück, das ist ein großes Wort.«

»Nein, Christian, es wird doch so. Das Unglück, sieh, das ist schon längst geschehen, bevor noch die Leute im Theater sitzen. Dann erst kommt die Geschichte an den Tag. Aber das Unglück von dazumal hat man längst vergessen.«

»Meinst du, daß es ein Unglück war, daß du deiner Laufbahn adieu gesagt hast, um meinetwillen?«

»Nein, Christian, du verstehst mich nicht. Immer noch nicht.«

»Also war es das, daß Erik sich schlecht gegen uns benommen hat? Du hast früher einmal gesagt, eine Frau kann nur durch ihr Kind glücklich oder unglücklich werden.«

»Nein, Christian, es liegt nicht an ihm, die Schuld liegt an

mir. – Daß er unser Einziger war, das war das Unglück.«
»Hast du es nicht selbst so gewollt?«
»Darin besteht mein Unrecht«, sagte Lea. »Ich wollte nicht einen Haufen Kinder. Ich wollte einen Menschen, den ich liebhaben konnte.«
»Einen einzigen?«
»Christian, heute sind wir zwei alte Leute. Ich hab' dich liebgehabt; war dir gut. Von Herzen. Nur mit dem Herzen. – Nein, unterbrich mich nicht! Es fällt mir schrecklich schwer – dir das zu sagen. Ich glaube, es konnte gar nicht anders werden, als es ist. Deshalb will ich ihn jetzt nicht mehr zu mir herüberziehen, will ihn nicht durch noch mehr Güte und Zärtlichkeit verderben.«
»Nein, Lea!«
»Ich irre mich nicht, Christian. Man kann einen Menschen durch ewiges Peitschen verderben; gewiß. Aber auch durch ewiges Zuckerbrot. – Du hast mich durch deine Güte verdorben, und ich habe mein Kind durch Güte verdorben. Mußte das nicht sein? Hast du mir nicht jeden Wunsch erfüllt, ohne daß ich je eine Dankesschuld an dich hatte? Ja, ich weiß, du selbst wolltest es so.
Aber sieh, genau so waren wir beide gegen ihn. Wir haben ihm jeden Wunsch erfüllt. Was Menschenwille kann, das haben wir für ihn getan. Und wir hatten ja anfangs Glück mit der Methode. Es sah aus, als hätten wir beide, nein – wir drei – du, er und ich, als hätten wir viel glücklicher werden können, als ein reicher Bankier, seine Frau und ihr Sohn, der Dozent – als solche Menschen im allgemeinen werden. Aber es wäre doch ein Unrecht gewesen, das viele Glück. Jetzt, wo ich und du allein sind, jetzt fühle ich, es konnte gar nicht anders kommen. Jetzt ist es recht. Ich habe alles von dir genommen, ohne je zu danken, Christian, nicht einmal das bißchen Musik habe ich dir gegönnt, nicht

einmal das bißchen Glück, das jede Frau jedem Mann geben kann.

Und Erik hat alles von uns angenommen, ohne zu danken, und hat uns nicht dies bißchen Vergnügen gegönnt, das jede Gärtnersfrau von ihrem Sohn hat – daß sie bei seiner Doktorpromotion dabei sein kann. So hab' ich dich betrogen. So hat er uns betrogen – und jetzt sind wir alt.«

»Du, Lea«, sagte Christian Gyldendal, »das kann nicht der letzte Akt sein. Es ist viel zu früh. Es gibt noch immer eine Jugend für dich und für mich. – Du hast recht. Es hat keinen Sinn, zu warten, bis der verlorene Sohn zurückkommt – nur eines hat Sinn –!«

»Was, Christian?«

»Komm du mit mir!«

»Wohin, Christian?«

»Wohin? Heute abend in die Oper; denk' doch, wir waren zum letztenmal am Abend vor unserer Hochzeit dort und seitdem nie wieder. Und dann reisen wir beide nach Paris. Wien wird für uns nie etwas anderes sein als die Straße, die Erik geht, und das Haus, in dem er wohnt. Komm mit mir fort! Lea, Liebling, muß es denn sein, wie es ist?«

»Nach Paris? Mit dir, Christian?«

»Wohin du willst. Nur fort von dem Haus hier, das seither so schrecklich leer ist. Du wirst sehen, alles wird anders – und tausendmal besser, wenn wir erst weit fort sind. Wir leben ja hier wie Fremde. Zum erstenmal seit langer Zeit haben wir heute miteinander gesprochen. Du wirst sehen, die Welt ist viel, viel weiter als das eine Haus, wo er auf die Welt gekommen ist, und die Wiese, auf der er als Kind gespielt hat, und das Haus dort in der Osterleitengasse, in dem er jetzt lebt.«

»Und heute abend in die Oper?«

»Nicht wahr, Lea, du willst? Komm, gib mir den Arm – –

sag', können wir einander nicht mehr sein als bloß gute Freunde? Nein, sprich nicht, heute abend reisen wir beide fort.«

»Und kommen nie zurück?«

»Fühlst du nicht selbst, daß es tausendmal besser wäre?«

»Für dich?«

»Nein, für uns beide. –

Hast du nicht den Mut dazu? Sag' kein ›Ja‹ und kein ›Nein‹! Nimm doch meinen Arm! – Es ist Zeit, uns für die Oper umzuziehen, wenn wir zum ersten Akt zurechtkommen wollen. Und nachher sagst du es mir. ›Ja‹ oder ›Nein‹. Dann fahren wir entweder zur Westbahn – oder wir gehen beide heim. In das Haus, wo kein Mensch auf uns wartet als die Köchin und das Stubenmädchen, die schlafen gehen wollen.«

»Wird Paris anders sein?«

»Lea, wenn du willst. – Sieh, Menschen unserer Art können immer noch einen Tag Jugend haben, eine Stunde Jugend – können mit siebenundvierzig Jahren ihre Hochzeitsreise machen wie mit siebenundzwanzig Jahren.«

»Hochzeitsreise?«

»Sag', hättest du den Mut dazu? Wir könnten ja doch noch Kinder haben, Menschen, die wir aufwachsen sehen, an die wir unser alterndes Herz hängen können. Sag', Lea – – Lea, kommst du mit mir?«

»Abends sag' ich es dir, Christian, wenn wir nach der Oper heimfahren.«

Abends vor der Oper. Der Theaterportier in seiner prachtvollen silbergestickten Uniform ruft die Wagen aus.

Christian, in schwarzem, seidengefüttertem Paletot, einen Stock mit goldenem Griff in der Hand, öffnet vor seiner Gattin das Portal. Lea, in hermelinbesetztem Theatermantel, tritt langsam in die Dunkelheit heraus.

»Sollen wir einen Wagen nehmen, Lea?«

»Nein, ich denke, wir gehen erst ein kleines Stück Weg zu Fuß.«

»Nun, wie hat es dir gefallen?«

»Wir müssen doch der Vignano einen Kranz schicken. Ich habe mich heute immer wieder ihrer erinnert. Mir war es, als stünde sie unten – und ich wußte doch, daß sie jetzt am Sarg ihres Mannes kniet – und ...«

»Und?«

»Davon sprechen wir später, Christian. Jetzt ...«

»Lea!«

»Sieh, Christian, das ist das Schreckliche. Es ist nicht wahr, was ich vorhin gesagt habe. Keinen Augenblick habe ich an die Schrottenbach gedacht, immer dachte ich an dich, an mich. Das war so schrecklich quälend, daß ich froh war, als die Oper zu Ende ging. – Ich fühle, es ist die letzte Minute. Ich muß mich heute entscheiden oder nie. Heute kann ich noch fort mit dir, morgen nicht mehr. Ich bin mehr als sechsundvierzig Jahre alt.«

»Aber ...«

»Nein, versteh mich recht. Selbst wenn ich ein Kind bekäme, dann würde ich doch in meinem ganzen Leben nie mehr Ruhe haben. Ich würde nicht mehr an Erik denken können; nicht mehr ruhig an ihn denken können, mich nicht mehr über ihn kränken können, bloß aus Zeitmangel – bloß weil ...«

»Erik?«

»Ja. Ich würde höchste Eile haben, dies andere Kind aufzuziehen. Und es müßte doch sein. Lächerliche Eile. Es wäre so, als wollte ich heute, als alte Frau, auf die Bühne und die Zerline spielen.«

»Und die Vignano kann es?«

»Dafür ist sie die Vignano!«

»Also – Lea, wohin jetzt? Zur Westbahn – oder heim?«
»Verlang' es nicht, ich kann nicht. Ich kann nicht mit dir kommen.«
»– – Ja, Lea . . . Denk' nur, das wollte ich dir sagen – als wir in der Oper waren – da hatte ich die ganze Zeit hindurch das Gefühl, als wäre er heute abend wieder zu uns gekommen – und warte jetzt oben in der Villa auf uns; hätte sich in seinem alten Zimmer Licht angezündet und warte bei einem Buch auf uns.« –
»Nein, Christian, kein Mensch wartet auf uns. Er ändert sich nicht. Wir ändern uns nicht. Du hättest ja jetzt zu mir sagen können: Du mußt. Du mußt nach Paris fahren. Du hättest mich zwingen können, ohne mich zu fragen. Aber du bist zu gut. Und ich, ich bin zu gut gegen ihn.
Ich habe nicht den Mut zu etwas Neuem. Ich kann nicht fort von dem Haus, in dem er gewohnt hat, und von der Laube, wo er gespielt hat, als Kind, mit den Seidenknäueln aus meinem Nähkorb, solang er noch ganz klein war. Aber du – ich danke dir –«
»Wir werden doch nicht sentimental auf unsere alten Tage?«
»Nein, Christian, wir werden nicht sentimental auf unsere alten Tage. – Und mit dem Gärtner – sprichst du morgen früh, damit der Rasen im nächsten Jahr besser wird.«

25

Helene wartete. Erik war mit Edith schon um sechs Uhr fortgegangen; Edith hatte aber vergessen, Helene den Schlüssel zur Wohnung zurückzulassen.
Helene ging langsam vor dem Haustor hin und her. Die Ladenmädchen kamen aus den Galanteriewarengeschäften und marschierten eilig, indem sie die Röcke warfen. Junge,

elegante Herren sahen ihnen nach. Der Provisor aus der Apotheke trat an die Tür und strich sich über die Stirn. Es war heiß. Helene dachte an den Abend, an dem sie für Erik bei dem Apotheker crême céleste gekauft hatte. Die Hand war wund wie vorher. Die Leopoldsteiner Reise hatte dies alles in Vergessenheit gebracht. Und so oft später Helene mit der Bitte in ihn drang, er möge wegen der Geschwüre an der Hand einen Arzt aufsuchen, so oft hatte es Szenen gegeben. Aber Edith brauchte nur einmal diesen Wunsch auszusprechen, Erik solle die Geschwüre behandeln lassen – sogleich hatte er ihren Wunsch erfüllt und war zu dem erstbesten Arzt gelaufen, der ihm nun irgendeine Salbe zum Einreiben verschrieben und ihn zu sich bestellt hatte, »wenn es sich zeigen sollte, daß die Sache nicht recht zurückginge«. Nein, sie ging nicht zurück, sondern wurde immer größer, fast so groß wie ein Fünfkronenstück. Aber Erik machte sich selbst Verbände und trug bei seinen Arbeiten weite Handschuhe. Helene mußte ihn bewundern, so ruhig meisterte er trotz dieser ungefügen Handschuhe die Technik seiner Versuche. Es war schön anzusehen, wie er inmitten seiner Apparate stand, die blitzten, knatterten, metallisch erzitterten, gehorsam auf seinen Wink gefügig, gleichsam mit einem demütigen Blick auf ihn, den Herrn. Es war auch schön, wenn Erik neben Edith ging; es war schön, wie gütig, wie kindlich, wie dankbar er war, Edith gegenüber – für jede Kleinigkeit.

Es war etwas sanft Blühendes, etwas Frühlinghaftes darin, wie sie einander ansahen und wie sie einander die Hände reichten.

Sie hatten sich wohl nie ausgesprochen, nie das Wort Liebe über die Lippen gebracht, nie Opfer voneinander genommen.

Helene sah ihnen zu, gequält von ihrer nie verlöschenden

Leidenschaft für ihn; aber Liebe war es nicht mehr.
Sie gönnte Edith nicht eine Berührung, nicht einen Kuß, nicht ein zartes, beglückendes Wort; aber sie mußte sehen, daß die beiden dies alles nicht brauchten, daß sie sich zweimal in der Woche auf ein paar Stunden trafen und auch dann nur von gleichgültigen Dingen sprachen und doch im tiefsten Grund ihres Wesens von ihrer Liebe ergriffen und bewegt waren.
Immer wieder dachte Helene: Erik hat dich schmählich verraten. Alle andern Frauen hätte ich ihm verziehen, nur die Schwester, die eigene Schwester nicht!
Dann wieder: Gab es einen Verrat, wenn die Liebe frei war? Vor den Augen der Welt hatte Erik keine Pflichten gegen Helene. Sie sagte sich: Wenn ich in meiner Leidenschaft der Gesellschaft ins Gesicht geschlagen habe und trotzdem mein Ehrgefühl nicht verlor, weshalb soll denn die Leidenschaft, die große Liebe, nicht auch seine Neigung zu Edith heiligen?
Sie wagte keinen Vorwurf. Wie ein Hund trug sie ihm ihre Liebe nach, sie blieb seine Geliebte und wurde es mit jedem Tag mehr.
Wenn er glühend war, wußte sie, daß das Feuer Edith galt; aber sie wärmte doch ihre Hände daran. Es gab keine Liebkosung, so grausam, so unnatürlich, der sie sich nicht hingegeben hätte, und nie hatten sich Erik und Helene so gut verstanden wie jetzt. Eines blieb noch – ein einziges!
Helene sah zu den Fenstern hinauf; sie waren dunkel. So unendlich gern hätte sie nun Ruhe gehabt, sich zu Bett gelegt, gelesen, gearbeitet, statt zu warten, Minute auf Minute, Stunde auf Stunde, so wie ein Dienstmädchen abends auf seine Herrschaft wartet, die einen Ausflug gemacht hat und nicht zur rechten Zeit zurückgekehrt ist.

Und sie ging wieder hin und her in der kleinen Gasse. Ein Wachmann sah sie blinzelnd an.
Was denkt der sich? Hält er mich für ein Freimädel? Was soll ich tun? Ich muß auf Erik warten; auf Edith, auf den Wohnungsschlüssel; auf das Abendessen.
Ihre Gedanken wurden stumpf und schliefen ein – aber ihr Körper erwachte. Ihre Nerven, tausendfach gereizt, wollten Ruhe, wollten jenes überwältigende, mächtige Beruhigungsmittel, das Liebe heißt, Vergessen heißt.
Sie erschrak, als sie dieses verräterische Vibrieren merkte. Sie nahm sich zusammen und ging in ein nahegelegenes Kaffeehaus, wo Kutscher und Dienstmänner saßen; es war da still und gemütlich und die Kellner höflich. Sie ließ sich Zeitungen geben; aber aus jeder Zeile, aus jedem Wort las sie abenteuerlich erotische Andeutungen heraus.
Ich bin so müde, dachte sie, das ist alles.
Aber sie konnte es nicht länger hier aushalten; irgendeine dumpfe Macht, ein Wirbel in ihrem Körper, aufsteigend und fortzitternd bis in die Augen, die aufleuchteten, in den Mund, der heiß und sinnlich wurde, in ihr Haar, das sie drückte wie eine schwere Hand oder ein allzu weiches Polster – alles drängte sie fort. Sie zahlte und ging.
Der Kellner öffnete die Tür.
Draußen war es dunkel und kühl.
Sie fühlte sich erleichtert; das Herz war ruhiger, und die Brust atmete tief.
Sie hatte einen Wunsch, nur einen einzigen, demütigen Wunsch, wie ein Hund, der seinen Herrn verloren hat. Die Fenster oben sollten erleuchtet sein, sie sollte Edith und Erik sehen – nie mehr wollte sie dann von den beiden etwas verlangen, sie wollte verzichten auf die leise Hoffnung, die sie immer noch hatte – daß Erik ihr allein gehören, daß er zurückkehren müsse zu ihr – alles wollte sie hingeben für

die erleuchteten Fenster in ihrer Wohnung.
Aber sie waren schwarz, sie blinkten matt in der Finsternis. Sie sind beide oben, in der Dunkelheit küssen sie sich, dachte sie und lief die Treppen hinauf.
Sie riß an der Glocke, donnerte mit den Fäusten gegen die Tür.
Stille. Stille. Im zweiten Stock gab es Streit zwischen den Kindern. Türen wurden zugeschlagen, ein Dienstmädchen lief trällernd die Treppe hinab, einen Krug in der Hand, um Bier zu holen.
Den Kopf gesenkt, unsägliche Schwäche in den Knien und doch von einer sonderbaren Gelenkigkeit, kam Helene die Treppe herab.
Sie hatte keine Kraft mehr. Deshalb spielten ihre Gelenke so graziös; ihr war es, als ob sie tanze; sie war berauscht von ihrer Müdigkeit; sie zog sie ein – wie man Champagner an einem Strohhalm saugt. Man schließt die Augen, weiß nicht, ist noch viel in dem Glase, ist nichts mehr drin.
Sie wollte sich küssen lassen. Sie wollte in Männerarmen liegen. Sie war niemand mehr böse, denn es existierte niemand mehr für sie, außer ihrem Körper, der Liebe begehrte, der offen war wie ein Kelch, wie das Becken einer Fontäne.
Mit halbgeschlossenen Augen ging sie gegen die Kärntner Straße: Da war eine dicke Dame, mit einem großen, weißen, wallenden Federhut. Eine kleine Graziöse, in einem enganliegenden Taftkleid, die hatte einen wippenden Schritt. Eine, die aussah wie ein dreizehnjähriges Schulmädchen, mit einem netten Strohhut auf dem unschuldig frisierten Köpfchen und einer Matrosenbluse um die zarte Brust, einen schwarzen Lackgürtel um die bubenhafte Taille. Nur die Schultasche fehlte.
Helene unter ihnen; es war der gleiche langsame Schritt,

berechnet darauf, sich einholen zu lassen. Die grell leuchtenden Auslagen blendeten. Aber sie blieb stehen, sie wollte geblendet sein. Schritte hörte sie hinter sich, wußte genau, daß diese Schritte jetzt verstummen würden, daß der Mann stehenbleiben würde, um sie anzusprechen, jetzt, oder bei der nächsten Ecke. Nein, nicht jetzt, bei der nächsten Ecke erst. Die Ecke der Kärntner Straße und Walfischgasse. Der Mann blieb stehen und grüßte.

Sie sah ihn an. Er war viel größer als Erik; ein Ausländer, ein eleganter, fast aristokratischer Mensch.

»Nun?« fragte er. »Wohin Fräulein?« Er hatte eine fremde Aussprache wie ein Serbe oder Neugrieche.

»Ja«, sagte sie leise.

»Sie haben bereits genachtmahlt? Comprenez vous français?« fragte er.

Sie lächelte.

»Also gehen wir zum ›Grünen Anker‹, l'Ancre vert.«

Das wollte sie nicht; sie wollte sich küssen lassen, aber nicht sich füttern lassen.

Sie schüttelte den Kopf.

»Nun, aber?« fragte er. »Zu mich? Chez vous?«

Sie senkte den Kopf. Er erschien ihr natürlich und doch märchenhaft.

Sie gingen Arm in Arm durch die winkelige Rauhensteingasse gegen den Ring. Die kleinen Kaufleute standen vor der Tür.

Die Nacht war so schwül. Man tuschelte; ein kleiner Junge rief ihr ein böses, schmutziges Schimpfwort zu. Der fremde elegante Mann glaubte, er müsse sie trösten, beugte sich zu ihr, öffnete den Mund, um irgendein freundliches, zärtliches Wort zu sagen, wozu bis jetzt nicht die Gelegenheit war. Jetzt war die Gelegenheit da, und er beugte sich herab und öffnete den Mund.

Die Nacht war schwül, und Helene atmete tief.
Da fühlte sie wie einen infamen Faustschlag den üblen, zersetzten Geruch, der aus dem Munde dieses fremden Menschen drang, ein Geruch, wie er aus manchen Winkeln großer Hafen ausströmt, wo faule Fische, ertränkte Katzen und überreife Früchte im Wasser schwimmen.
In ihr war nichts als Entsetzen darüber, ein unmotiviertes, instinktartiges, unbewußtes Entsetzen gegen diesen Gestank, gegen das Fürchterliche dieses Menschen. Es war eine lächerliche und tragische Zufälligkeit. Sie war wach. Vor einer halben Sekunde noch hatte sie daran gedacht, ihm ins Gesicht zu schlagen, jetzt als Verstandesmensch dachte sie: Was kann der Kerl dafür, daß er hohle Zähne hat und aus dem Munde stinkt? Sie kehrte ruhig um und ließ ihn stehen. Er war erstaunt, aber ein Abenteuer mit einer jungen, hübschen Dirne, die nicht erst soupieren wollte, bevor sie mit ihm ging, war ihm schon vom Anfang so unwahrscheinlich vorgekommen, daß er sich nach ein paar Flüchen tröstete.
Helene ging nach Hause zurück, völlig kühl. Die Fenster in der Sonnenfelsgasse waren immer noch dunkel. Aber aufrecht und selbstbewußt, wie ein Soldat, patrouillierte sie vor ihrer Wohnung hin und her, so lange bis Erik und Edith kamen. Helene war jetzt frei von Eifersucht. In ihr war die befehlende Idee, daß dem Zustand ein Ende gemacht werden müsse. Wie, wußte sie nicht.
Da kamen Erik und Edith. Es war dreiviertel zehn. Die Haustür war noch nicht geschlossen. Ja, Edith wußte, was sich schickte. Sie war nicht einmal eingehängt in seinen Arm; aber sie strahlte vor Glück.
Und er, er sah so triumphierend und kindlich aus, wie ihn Helene nie gesehen hatte.
Trotzdem trat sie zwischen sie.

»Edith, du hast vergessen, mir den Schlüssel zur Wohnung zu geben. Jetzt geh hinauf! Erik, bitte auf ein Wort!«
Edith, ganz blaß vor Überraschung und Erschrecken, ging hinauf, ohne Erik adieu zu sagen, und Helene begleitete Erik.
Er war wütend darüber, daß man ihm nicht erlaubt hatte, sich von Edith zu verabschieden. Um Helene zu trösten für die Stunden des Wartens, nahm er ihren Arm und drückte ihn.
Sie erwiderte diesen Druck nicht. Was bildet der sich ein? dachte sie. Glaubt er, daß gestern heute ist? Das alles ist nun einmal zu Ende; für immer.
Er war böse darüber, daß Helene kalt war. Er fürchtete Vorwürfe und wollte deshalb selbst mit Vorwürfen beginnen.
»Wenn das eine andere täte – wenn eine andere hinginge, um mir aufzulauern, so würdest du das – zudringlich nennen. Ja, Helene, zudringlich . . .«
Sie dachte: Wozu das Gerede? Ein Ende. Ein Ende. Tiefer kann ich nicht sinken. Das kann nicht eine Sekunde weitergehen.
Die Erinnerung an den Mann mit den häßlichen Zähnen war zu stark. Der Blitz in einem Gewitter. Diese scheußliche Erinnerung war das Ende ihres Liebesromans mit Erik Gyldendal.
»Ja, du hast recht«, sagte sie; »adieu.«
Sie ging zurück, stieg die Treppe hinauf, mit einer lustigen Empfindung, die aber etwas Unheimliches hatte – sagte Edith, daß sie morgen abreise, und legte sich zu Bett. Was sie nicht gehofft hatte, nach den vielen gequälten, durch Eifersucht schlaflosen Nächten, sie schlief sofort ein – mühelos – tief.

26

Der Wagen fuhr langsam und wiegend über die Ringstraße gegen die Mariahilfstraße zur Westbahn. Nur fort, nur weit fort von Edith, von dem ganzen Leben, das sie führte . . . Ruhe. Das klare Wasser des Leopoldsteiner Sees, selbst das schlecht gespielte Adagio von Mozart, das in der Villa am jenseitigen Ufer erklang – all das erschien ihr Erlösung.

Erst Mitleid, dann Liebe, und Verzweiflung zum Ende, das hatte sie an Erik gekettet. Verzweiflung hatte sie auf die Straße getrieben, in die Arme eines fremden Menschen – dem sie nur durch Zufall entgangen war.

Drinnen in ihrem Kupee dritter Klasse (sie wollte sparen) war es schwül. Ein kleiner Knabe aß Obst und warf die Kerne umher.

Sie wurde ängstlich, als der Zug sich in Bewegung setzte. Die Häuser flogen vorbei. Jetzt – jetzt bereute sie. Sie dachte daran, die Kupeetür aufzureißen und herauszuspringen, zurück zu Erik, zu Edith, zu der Sonnenfelsgasse. Sie erinnerte sich Dina Ossonskajas – sie erinnerte sich, daß auch die Russin versucht hatte, aus dem Kupee herauszuspringen – und daß sie selbst darüber gelächelt und das Mädchen verachtet hatte . . . Und heute wollte sie das gleiche tun. Weshalb wollte sie das gleiche tun? Eine Handlung, die dumm, verzweifelt und völlig unnütz war, über die Edith lachen und die Bahnbeamten sich ärgern würden – und die nichts änderte? Sie war doch frei.

Freie Liebe verband sie mit Erik. Freie Liebe wuchs sanft blühend zwischen Edith und Erik hervor. Freie Liebe zwischen Dina und Erik bestand.

Warum frei? Konnten diese fürchterlichen Fesseln irgendeine Freiheit lassen? Wenn der Mensch, die Persönlichkeit, das erotische Wesen dem andern nackt und wehrlos gegenüberstand? Die Menschen würden vielleicht erst in hundert Jahren begreifen, daß auch die freie Liebe wirkliche, starke, unzertrennliche Verbindungen herstellen konnte, zwischen der Frau, die gab, und dem Manne, der nahm. Denn sie, Helene, hatte immer gegeben. Ihre Zeit, ihr Geld, Kleinigkeiten, – bis zu unersetzlichen Dingen, wie es der erste Kuß war.

Die Rollen waren nicht gleich. Man sprach nicht von Mann und Frau wie in der Ehe, sondern von dem Herrn und der Dame. Sie war die Dame oder konnte es sein, wenn sie sich behauptete in ihrer eigenen Achtung und in der Achtung der Welt. Er blieb der Herr . . .

Die Höfe der Häuser längs der Bahn zeigten schamlos ihre Gänge, ihre kleinen Kammern mit ungewaschenen Fenstern, die Gitter der Korridore, auf denen die Wäsche hing, die getrocknet werden sollte, und wo die Teppiche lagen, die geklopft werden sollten.

Helene erinnerte sich der erotischen Szenen der letzten Zeit. Waren die etwas Neues für die Welt? Nein, es war das Gewöhnliche und mußte es sein. Die Häuser waren alle angefüllt von Menschen, Tag für Tag, Nacht für Nacht, mit Menschen, die miteinander lebten und welche die Erotik mißbrauchten, um die Wunden zu heilen, die ihnen das Leben geschlagen hatte. So wie sie gestern auf die Gasse gegangen war, um sich Ruhe für ihre überreizten, übermüdeten Nerven zu holen, so wollten alle die Menschen von der Erotik den Ersatz für das, was sie draußen nicht erreichen konnten.

Der Mann hatte quälende Geldsorgen in seinem Geschäft. Wo holte er sich Ruhe? In der Ehe; da wartete immer eine Frau auf ihn, so wie sie, Helene, auf Erik gewartet hatte.

Eine Frau war unglücklich in einen kleinen Schauspieler verliebt; sie hatte Hunger nach Luxus, den das magere Ge-

halt des Gatten nicht befriedigen konnte. Zu Hause, hinter den Vorhängen des Schlafzimmers, glich sich alles aus.
Die Erotik war kein Freudenfest, sie war eine Gewohnheitssache, tausendfach mißbraucht, abgeschwächt, und da wurde sie verwirrt, vergiftet, häßlich und trüb.
Und um diesen Punkt zog sich alles zusammen. Die vielen Theater lebten davon, daß die verheirateten Leute in die Operetten gingen und an den sentimental-gemeinen Liedern sich das Feuer holten, das der häusliche Herd brauchte. Es war aber schrecklich, auszudenken, wie alle diese Leute miteinander lebten.
Der Ausländer in der Rauhensteingasse war nicht der einzige, der schlechte, zerfressene Zähne hatte. Die Leute hatten schmutzige Füße, die Frauen waren fettleibig oder klapperdürr, überreizt oder kalt, nervös und Launen unterworfen; die Hände der Männer rochen nach Tabak, ihr Mund nach Wein, die Hände der Frauen waren vom Herdfeuer aufgesprungen und die Worte -- wie waren die Worte, die sie sich zu sagen hatten?
Und doch lebten sie zusammen.
Die Kinder wuchsen ihnen heran, man mußte sich vor ihnen in acht nehmen, damit sie nicht zum Schlüsselloch hereinsahen.
Es war eine grauenhafte Welt, die sich vor den Augen Helenes aufrollte, vor den Augen einer Entzauberten.
Und die Hoffnung all dieser Menschen, wie ihre eigene, war das Kind. Die Mutter des Kindes war nicht mehr die Mätresse eines Mannes. Das war der Schlüssel, der alle Schlösser dieser Kette aufschloß.
Das Kind war das einzige, was beiden, dem Mann und der Frau, am Herzen lag, an dem beide leiden, durch das beide glücklich werden konnten. Erik hatte einmal von seiner Mutter erzählt, daß sie das Wort ausgesprochen hatte:

Glücklich oder unglücklich kann eine Frau nur durch ihr Kind werden. Das fühlte Helene, das glaubte sie.
Sie glaubte, daß sie ein Kind von Erik habe. Dann wird er zu mir zurückkehren, dachte sie; wenn das Kind seinen blutigen, schmerzensreichen Weg aus meinem Körper geht, dann wird die Spur seiner entehrenden Liebkosungen verschwunden sein; dann bin ich die Mutter seines Kindes; mir kann er untreu sein, meinem Kinde nie.
Ihr Beruf, ihre Absicht, Ärztin zu werden, erschien ihr anders als früher. Vor allem wollte sie ihrem Kinde die Mutter sein und dann wollte sie für andere Kinder sorgen und das für sie tun, was die eigenen Mütter nicht tun konnten, weil sie nicht genug wußten, nicht genug Fleiß, nicht genug Liebe gehabt hatten. Deshalb wollte sie studieren.
Der Zug hielt in St. Pölten.
Als er abfuhr, gab es einen heftigen Ruck. Schützend hielt Helene beide Hände vor ihren Leib. Sie wollte das keimende Leben hüten und schirmen, so wie man die Hände vor eine kleine, erst halb glimmende Flamme hält.
Sie sah den kleinen blonden Jungen, der Obst gegessen hatte, wohlwollend an. Alles erschien ihr tröstlich. Sie lehnte sich in die Ecke, Tränen begannen zu fließen. Die ältere Schwester des Buben, eine Frau von dreißig Jahren, tröstete sie, und gesprächig, wie alle Frauen auf Eisenbahnfahrten, fing sie alsbald an, ihre eigenen Familiengeschichten zu erzählen, die sehr verwickelt waren. Dann stellte es sich durch einen Zufall heraus, daß sie ebenfalls an den Leopoldsteiner See wollte und daß der Junge mit dem Obst ebenderselbe war, der die Mozart-Sonate verschandelt hatte. Das kam Helene so lustig vor, daß sie lachte – zum erstenmal seit langer Zeit.
Dann kamen schöne, langsame Tage; klar und heiter stie-

gen sie über den See. Helene lag gerne auf einer kleinen Wiese, ein paar Meter hoch über dem Wasser, und zählte die Schmetterlinge, die vorüberzogen, dachte an nichts, lernte bloß abends und morgens ein paar Stunden. Die Arbeit ging so gut vorwärts, daß sie hoffen konnte, im Herbst die Prüfung am akademischen Gymnasium zu bestehen und noch im Wintersemester auf der Universität zu inskribieren. Das Sommersemester – um diese Zeit würde das Kind schon da sein, mit Händchen und Beinchen strampeln, das Köpfchen noch nicht allein halten können – diese Zeit sollte ganz dem Kind gehören.
Es waren jetzt zwei und ein halber Monat seit dem ersten Kuß.
Einmal – wie glücklich war sie damals noch mit Erik gewesen – war die monatliche Mahnung ausgeblieben, und wenn sie an diesen Tagen noch ausblieb, dann wußte sie, daß sie Mutter war. Immer wieder fragte sie sich nach Zeichen und Symptomen, aber sie fand sich nicht verändert – und war froh darüber, daß ihr die Unannehmlichkeiten erspart blieben.
An einem Abend – es stand ein Gewitter über der Steinernen Wand – ruderte sie langsam hinüber nach dem flachen Ufer, wo sie damals mit Erik gebadet hatte. Sie hatte jetzt Angst zu baden, sie hütete sich vor jeder Anstrengung, als könnte das den Schatz in ihrem Körper, der still und unbemerkt wuchs, zerstören.
Sie setzte sich am Ufer nieder und las in Valentins »Physik für Mittelschulen«. Aber es war schwül, und die Augen fielen ihr zu. Sie strengte sich an, zu denken und zu begreifen, aber es war wie eine Hand, die am Kopfe anfaßte und bis ins Kreuz und die Lenden drückte.
Da sah Helene am Strand, in einem kleinen Weidenstrauch verschlungen, blaue Tuchfetzen. Sie trat näher; es waren

die Reste des Badekleides, das ihr Erik damals, in den glühenden Tagen, vom Körper gerissen hatte – damals hatte er es ins Wasser geworfen, und nun hatte es die Flut zurückgetragen.
Es war nichts als ein Fetzen blauen Stoffs – nichts mehr. Und die Stelle da im Sand, in der Mitte zwischen dem Wasser und der Wiese und den Weidenbäumen, das war nichts als ein Stück Erde, so wie jedes andre. Nein, es war mehr. Eine bebende, zitternde Erinnerung, süß und schmerzlich, stieg in ihr auf und erfüllte sie vom Kopf bis zu den Füßen, wurde stark und gewaltsam, krümmte sie zusammen wie eine Uhrfeder. Sie war ganz gebückt. Da – da – unerbittlich das Gefühl: Ich habe kein Kind. Alles war nichts.
Mit eiserner Hand sonderte die Natur die Frauen: fruchtbare und unfruchtbare. Helene sollte nicht Mutter werden, nicht Mutter eines Kindes von Erik Gyldendal.
Sie schrie nicht, sie weinte nicht. Sie sehnte sich nach nichts mehr. Sie haßte Erik von diesem Augenblick an, sie verachtete ihn mit der ganzen Kraft eines Weibes, das einen Mann verachtet, weil seine Umarmungen unfruchtbar sind. Sie waren unfruchtbar – grausam und schmählich, brutal, weil Brutalität nichts ist als unnütze Grausamkeit.
Das Leben war verändert – sie hatte abzuschließen mit dem Kapitel Liebe – und sie schloß ab.
Sie hatte nicht mehr genug Geld, um für sich allein leben zu können. Mit Edith wollte sie nichts zu tun haben.
Sie erinnerte sich des Doktors Sänger; sie wußte, daß er kahlköpfig war und einen krummen Rücken hatte; sie hatte sich zu entschließen und entschloß sich. Auf ihr Telegramm kam Doktor Sänger am nächsten Tag.
Er sah schlecht aus und war sehr verlegen. Er hatte geglaubt, einen Touristenanzug zu dieser Reise anziehen zu

müssen, und kam in einem karierten Sakkoanzug mit Kniehosen. Das war grotesk; man bemerkte, daß er O-Beine hatte. Das hatte Helene nicht gewußt.
Er war schrecklich verlegen, eben weil er wußte, daß ihm Helene unrecht getan hatte mit jenem brüsken, unmotivierten »Nein«, geschrieben im Westbahn-Restaurant vor der ersten Reise.
Sänger war ein zudringlicher, mittelmäßiger, aber in seinen Schwächen menschlicher Mann. Er wußte von seinen O-Beinen und bewunderte, haßte und beneidete alle, die gerade gewachsen waren. Jetzt erzählte er von seinem Milligramm Radiumbromid, das er mit dem Stipendium von Hofrat Braun erhalten hatte, und von den Heilungsversuchen. Dabei hatte es sich herausgestellt, daß wirkliche Heilungsmöglichkeiten in diesen wunderbaren Strahlen lagen – sehr hübsche, wenn auch noch nicht welterschütternde Resultate.
»Wer hätte das gedacht!« sagte Helene. »Und die Röntgenstrahlen?«
Die Durchleuchtungen seien jetzt schon eine neue große Wissenschaft für sich, aber die Heilungskraft der Röntgenstrahlen – da wäre besonders bei hoher Strahlungsintensität keine Heilungstendenz zu beobachten gewesen.
Ob sie vielleicht schadeten?
Ja, man hätte drüben in Amerika bei den Arbeitern, die die Röntgenröhren ausprobierten, und auch bei einem Hamburger Gelehrten Verbrennungen, Geschwüre und krebsartige Neubildungen beobachtet.
»Geschwüre?«
Ja, noch dazu sehr bösartige. Obolinsky hätte sich von dem Chirurgen Mayo Robson die Hand amputieren lassen und sei doch gestorben.
»Ja, das ist sonderbar«, sagte Helene bedrückt. Dann raffte

sie sich auf. »Sie wissen, weshalb ich Ihnen telegrafiert habe?«

»Woher soll ich das wissen?« antwortete Doktor Sänger nach einer Gewohnheit der Juden, Fragen mit Fragen zu beantworten.

»Ich habe Ihnen damals unrecht getan. Ich will Sie jetzt um Verzeihung bitten.«

»O nein, das war doch Ihr freier Wille.«

»Ja, und es ist ebenso mein freier Wille, Ihnen zu sagen, daß es mir leid tut.«

»Ach, bitte, Fräulein Helene.«

»Ich habe mich überschätzt – und andre.«

»*Sich* haben Sie gewiß nicht überschätzt«, sagte er.

»Sie halten mich für besser als ich bin«, sagte sie.

»Ich weiß ja alles«, sagte er. »Und es ist unsere Sache als Ärzte, alles zu wissen und nichts zu verstehen.«

»Und vergessen?« fragte sie. »Nein«, fuhr sie gleich wieder fort. »Wozu die dummen Phrasen. Sie werden nicht vergessen und ich auch nicht.«

»Nein, das kann ich nicht«, sagte er mit einer unbeholfenen zärtlichen Stimme. – Helene vergaß, daß er kahlköpfig war und einen krummen Rücken hatte.

»Sie haben mich noch lieb?« fragte sie.

»Wissen Sie das nicht?«

»Wollen Sie mich heute noch heiraten, trotz allem?«

»Ist es denn vorbei . . .?«

»Ja, es ist vorbei. Das kann ich Ihnen ruhig sagen.«

»Und . . .?«

Mit einem unendlich traurigen Lächeln sagte das junge Mädchen: »Ihr Kind wird nicht Erik heißen.«

Da nahm er ihren Arm, und sie sahen beide ohne Worte auf den stillen See hinaus, über den gerade ein Kohlweißling hinauszuflattern sich anschickte.

27

Die Geschwüre an der Hand Erik Gyldendals heilten nicht. Sein Arzt, ein freundlicher alter Herr, tröstete und vertröstete immer; bisweilen klopfte er Gyldendal zwinkernd auf die Schulter und fragte: »Hand aufs Herz, lieber Doktor, haben Sie niemals – Dummheiten gemacht?«
Es war derselbe Verdacht einer venerischen Ansteckung, den auch Doktor Sänger früher einmal hatte durchblicken lassen.
Deshalb bekam Gyldendal Quecksilbersalbe und eine salzige Medizin, die wohl Jodkali enthielt, obwohl er seine Unschuld immer und immer wieder versicherte. Bei einem jungen Menschen konnte man aber, nach Ansicht des Arztes, bei solchen Geschwüren nur an »so etwas« denken; und er behandelte in gutem Glauben und in der festen Überzeugung, daß man der Sache durch Quecksilber beikommen würde.
Da aber die Geschwüre mit jedem Tage größer wurden und ihn an der Arbeit hinderten, suchte er Professor Braun auf, den Bruder des Physikers. Er kam erst gegen Schluß der Sprechstunde. Der Arzt, ein weißbärtiger, ungemein liebenswürdiger Herr – er war ebenso sanft wie sein Bruder sarkastisch –, besah die wunde Haut, befühlte mit leise tastenden Fingern die Wunde, seufzte – überlegte; dann bat er Erik, am nächsten Tage wiederzukommen; inzwischen wolle er die Borken der Geschwüre auf bestimmte Bazillen untersuchen; morgen werde er ihm dann genaue Vorschläge machen. Nach dem Namen des praktischen Arztes, der die Behandlung bis dahin geführt hatte, fragte er nicht. Er lud dann Erik ein, Platz zu nehmen und von seinen neuen Arbeiten zu erzählen, von denen er durch seinen Bruder etwas wußte. Während Erik sprach, lächelte der

Professor schlau und gleichzeitig gütig – so wie jemand, der für den andern eine freudige Überraschung bereit hält.
An diesem Abend trafen sich dann Edith und Erik und gingen in den Prater.
Edith bettelte so lange, bis Erik sie zu »Prochaska« mitnahm.
Sie hatte noch nie solch eine Tanzbude gesehen und bewunderte aufrichtig die Tanzkunst der Köchinnen und Dirnen, die weit besser tanzten als die feinen Leute auf der Metternich-Redoute.
Mitten im Gewühl bemerkte Erik die kleine Slowakin, Bronislawa Novacek, die weltvergessen, langsam und nach einem wie im Traum befolgten Rhythmus tanzte, an die Brust eines braungebrannten Dragoners gelehnt. Kaum aber hatte Erik hingesehen, als sie aus diesem schlafähnlichen Zustand erwachte, seinen Blick erwiderte – ihn allein sah sie an, nicht das schöne Mädchen an seiner Seite –, und er fühlte eine immer noch bestehende Verbindung zwischen dieser braunen Slowakin mit den festgeflochtenen schwarzen Haaren, den wilden, weißen Zähnen und sich selbst – – irgendein unausgesprochenes Wort, einen nicht gegebenen Kuß, ein nicht erfülltes Versprechen.
Er wollte nun schnell mit Edith fort – aber Edith freute es gerade jetzt, dazubleiben. Ihre Augen glänzten, und sie fragte scherzend Erik, ob er nicht auch eine Fünfkreuzertour mit ihr tanzen wolle. Er fand diese Frage taktlos – nahm ihren Arm, und sie gingen durch den Wurstelprater nach den Praterauen. – Es war eine Stimmung in ihren Worten, in ihren Bewegungen, in ihren Blicken, die sagte: Heute ist es das letzte Mal.
Überall unter den hohen Bäumen, auf den engen Wegen gingen zärtlich umschlungene Liebespaare – man hörte in der Ferne halbersticktes Lachen, Seufzer, Klirren von Ka-

valleriesäbeln, ein Kind, das irgendwo schrie – all das wirkte so auf Edith, die sonst sehr kühl war, daß sie Erik halbe Zärtlichkeiten erlaubte – und wenn ihre Brust bei der Berührung seiner linken Hand erschauerte, fragte sie leise, wie erstickt: »Bist du jetzt glücklich, Erik?«
Wenn er mehr wollte, wehrte sie ab, war wieder das junge Mädchen aus gutem Hause, das Künstlerin werden will.
»Es gibt Grenzen«, sagte sie. »Nicht wahr, du verstehst das?«
Was er nie verstanden, daß man einer Idee oder einem Menschen halb gehören könne, das, was er niemandem verzeihen konnte, Edith verzieh er es.
»Nicht auf den Mund!« sagte sie, als er sie küssen wollte. »Heute nicht! Bitte!«
Er küßte sie auf ihr Haar.
Schweigend gingen sie zurück. Die Nachtschmetterlinge flogen plump zwischen den tief herabhängenden Zweigen, Nachtbäume dufteten – es roch im Prater nach Staub, nach Sommer, nach Tabakrauch . . . Erik dachte daran, daß Edith eine Enttäuschung war. Sie war nicht die athenische Nike, das Symbol von wehender Glut, nicht die Künstlerin, die an den höchsten Dingen der Erde ihre Hände wärmt, sondern einfach ein kleines, mittelmäßiges Mädel, nicht gut, nicht schlecht; schön, aber ohne zu wissen, wohin diese Schönheit hinauswollte. Aber er liebte sie immer noch: gerade das kleine, mittelmäßige Bürgermädel, das neben ihm ging und nicht auf den Mund geküßt sein wollte.
Er hatte nach Helenes Abreise, die ihm fast gleichgültig war, an seinen Vater geschrieben und das Geld sofort erhalten, um das er geschrieben hatte. Gestern hatte er »seine Schulden« an Helene gezahlt, morgen wollte er Edith ein Geschenk machen, das erste – eine kostbare Geige, von der sie ihm vorgeschwärmt hatte. Er hatte sie

ihr heute versprochen.
Morgen sollte die Entscheidung über die Heilung seiner Geschwüre an der Hand erfolgen – und übermorgen konnte dann etwas Neues, Ruhiges, langsam im Glücke Ansteigendes beginnen. Er wußte noch nicht, worin es bestehen sollte, aber ihm war, als müßte Edith – gerade weil sie ihm trotz ihrer Mittelmäßigkeit so teuer war – ihm noch unendlich viel Glück bringen. Ihm war, als seien alle Wege in ihrer Seele noch unbegangen, alle Möglichkeiten in ihrem gemeinsamen Leben geheimnisvoll, voll verschlungener Seligkeiten.
Die Wissenschaft, die ihm so viel gegeben hatte für seine Mühe, würde alles andre in ihm ausfüllen, was Edith leer lassen würde. Nie glaubte er fester an seinen Stern als an diesem Abend der halben Zärtlichkeiten unter den feuchten Bäumen im Prater.
Die Nacht war unruhig; er erwachte immer wieder aus dem Schlaf, sah Professor Braun vor sich, wie er mit einem weißen Tuch seine Wunde abtupfte und wie diese Wunde sich schloß. Als er aufwachte, wunderte er sich darüber, daß er früher nie die ungeheure Wichtigkeit seiner Heilung überdacht hatte, so wie man alles im Traume Gedachte beim Erwachen maßlos überschätzt. Dann fiel er wieder wohlig in Schlaf zurück und erwachte dann erst spät am Morgen. Ihm war, als hätte jemand an die Tür geklopft, er wußte es nicht genau. Er rief: »Herein!« und die Ossonskaja stand im Zimmer und lächelte.

28

Ihr Gesicht war grau, ihre Augen unnatürlich groß und dunkel; aber ihr Blick war ruhig.

Sie trug wieder das schwarze Taftkleid wie vor drei Monaten, als sie ihn im Prater angerufen hatte. Die Haare waren in Unordnung. Mit einer unendlich schamhaften Bewegung legte sie ihren Hut mit den kleinen dunklen Rosen ab, raffte vor dem Spiegel ihr volles Haar zusammen und ordnete es.

»Wenn du mir etwas zu sagen hast, Dina, so setz' dich wenigstens! Entschuldige, daß ich noch nicht aufgestanden bin!« sagte er.

Sie ging zur Tür und sperrte ab.

Dann setzte sie sich an sein Bett und begann zu sprechen, den Kopf vorgebeugt, den Blick an eine Rosette der Tapete geheftet. Ihre Hände streichelten mit einer sanften, regelmäßigen Bewegung seine Bettdecke, die aus blauer Seide war.

»Erik«, sagte sie, »du darfst mir nicht böse sein, weil ich so früh komme – aber du – irgendeiner muß auch davon wissen. Noch irgendein Mensch außer mir. Und begreifen wirst du mich leichter als ein andrer. – Nein, das Geld bringe ich dir noch nicht zurück, meine Stiefmutter hat das Telegramm aufgefangen, aber darauf kommt es doch nicht an, du brauchst ja das Geld nicht.

Papa liegt im Sterben – er hat vor zwei Wochen wieder einen Schlaganfall gehabt, übrigens pflegt ihn Sonjitschka, ja – man pflegt ihn gut.

Und jetzt erzähl' du, wie geht es dir, bist du glücklich mit ihr?

Nein, ich muß dir noch etwas sagen, etwas sehr Wichtiges, ein Glück. Denk' nur! Er hat sich heute Nacht aus dem Fenster gestürzt.«

»Dein Freund? Der Janoupulos?«

»Ja. Hast du übrigens meine goldene Zigarettendose gefunden? Hab' ich sie bei dir vergessen, oder im Wagen? – Ja, er hat sich vom zweiten Stockwerk herabgestürzt und ist tot. Vor drei Wochen hat er mir wegen dieser dummen Dose eine Szene gemacht – nein, unterbrich mich nicht – – was liegt denn an der dummen Zigarettendose? Du hast es ja gut gemeint, aber es war nicht genug; nicht genug Geld. Nach fünf Tagen ist er aus Karlsbad zurückgekommen. ›Warst du mir auch treu?‹ hat er gefragt; er hat geglaubt, ich würde auf die Knie fallen und ihn um Verzeihung bitten. Aber ich bin ja brav gewesen, tausendmal danke ich dir für das Geld, Erik. Das hat er mir nicht verziehen. Er hat sich gedacht: Mir hat sie sich an den Hals geworfen, warum? Warum soll sie sich nicht auch andern an den Hals werfen? Warum nicht?

Er stellt mich seinen Freunden vor; das sind lustige, gottlos leichtsinnige Leute, diese Kavallerieoffiziere – kennst du welche? Nein, ich weiß, du verkehrst nicht mit Offizieren. Sie sind große Kinder. Alle; alle ... Er aber, er wollte – ich hab' es ja erzählt ... Ich hätte es auch getan, denn so viel sind sie ja wert wie er, und lieb hatte ich ja doch keinen, keinen einzigen ... weißt du warum, Herzli?

›Herzli‹, das klingt doch hübsch, so wie Duschenka auf russisch; der eine, der Graf, hat mir das immer ins Ohr geflüstert.

Aber ich hab' es nicht getan. Er hat mich vermieten wollen, auf Stunden oder Tage, nur an vornehme Leute, die alle hübsch und jung waren – nicht ...?

Aber das wollte ich nicht sagen. Nein. Ganz brutal gesagt, so wie es in den Zeitungen steht: Schon nach kurzer Zeit wurde das Verhältnis zwischen Fräulein Dina Ossonskaja und Herrn Janoupulos intim und blieb nicht ohne Folgen. Das wußten natürlich beide, Fräulein Ossonskaja und Herr Janoupulos. Denn sie war so dumm, ihm das zu sagen.

Da ist nichts mehr zu verlieren, meint er. Weshalb machst

du solche Faxen? Pourquoi faites-vous tant d'histoires? Und jetzt hat er mich Tag für Tag gedrängt und gedrängt, die ganzen Nächte *mußte* ich mit den Leuten zusammen sein, Champagner trinken und Zigeunermusik anhören – – anfangs mußte ich mit ihnen gehen und später, da wollte ich es selbst. – Ich wollte es.

Mit allen beisammen sein, nur nicht mit ihm. Das ging so Tag für Tag und Nacht für Nacht – und morgens im Wagen, da setzen sich die jungen Leute zueinander, wie sich's trifft, die Ossonskaja mit dem Leutnant von Odenahl – oder am nächsten Tag mit dem Rittmeister Oborsky – und am dritten Tag ... Dann kommt man mittags nach Hause und schläft – und denkt an nichts; nein, nein – wartet nur auf den Augenblick, wo zufällig ein Wachmann das Büchel von einem verlangt, la légitimation, le brevet de la grue, comprenez-vous, Monsieur?

Man möchte sich einen Revolver kaufen, aber Geld hat man ja doch nicht; man bekommt Champagner, Austern und Blumen, Ananas – aber nie Geld. Geld bekommt schon einer, wenn auch nur geliehen – und Janoupulos hat viel Geld in der Zeit verspielt. Da war er nobel. ›Je ne joue que pour perdre‹, sagte er.

Wir haben zwei Zimmer gehabt – schön eingerichtet – für distinguierte Fremde – du wirst schon in der Zeitung lesen, in welcher Straße.

Da sagte ich mir: Einer muß zugrunde gehen. Ich oder er. Glaube mir, Herzli, ich hatte nichts mehr zu verlieren; du hast mich mit Fußtritten davongejagt – – tiefer herunterkommen konnte ich nicht. Es war nicht meinetwegen, daß ich mich nicht in den Lichthof hinunterwarf. – Aber ich sage dir: einer gegen eine; nein, wir waren zwei: mein Kind und ich – und er, der Fresser, der sich nie genug sattfressen konnte – der mir tausendmal vorgeworfen hat, ich hätte ihm seine Zigarettendose verloren, seine wunderbare, unersetzliche Zigarettendose, die kaum zweihundert Kronen wert war, während er hundertundsechzigtausend durchgebracht hat . . .«

Sie sah ihn groß, kindlich, rührend an.

»Warum müssen es immer die Frauen bezahlen? Immer verlangt ihr etwas von uns. Nein, das ist zu dumm; ich war ja dazu entschlossen – schon lange – vielleicht, bevor ich zu dir um das Geld gekommen bin. Ich war ja verzweifelt – verzweifelt war ich, angefangen von meiner ersten Nacht mit ihm bis jetzt; nein, von dem Tag an, wo du mir im Sillertal Steine nachgeworfen hast. ›Was willst du, willst du meine Mätresse sein oder willst du meine Verachtung?‹ Erinnerst du dich? Ich habe gesagt: ›Verachtung‹. Jetzt habe ich sie mir verdient; nicht wahr . . .? Ich habe aber nicht gewußt, wie ich ihm ein Ende machen soll, denn es mußte ganz fein angefangen werden – schrecklich schlau – da ging ich – glaubst du es, kannst du dir das denken, ich war immer noch seine Mätresse, nachdem ich in den Betten von allen seinen Freunden gelegen hatte – gestern abend – als er eingeschlafen war, da stand ich auf und machte leise, o wie leise, den Gashahn auf. Er hatte viel getrunken. Da hatte ich wieder einmal einen glücklich gemacht. Du weißt schon – was ich meine. Nun hatte er ja wieder Geld. Ich gehe an die Tür – und höre, das zischt, das Gas, das zischt immerzu – und ich sperre ab – und stehe draußen – die Wohnung ist so schön separiert – du weißt warum – ich höre durch die geschlossene Tür das Gas zischen; der Schlüssel ist in meiner Hand, er aber, in seinem Zimmer, er stöhnt und richtet sich auf – jetzt, denke ich, jetzt!!

Da läutet unten jemand, der Portier kommt und öffnet das Haustor . . . Was soll ich tun, kann doch nicht in meinem Pyjama draußen vor der Tür stehen . . . wenn mich der

Mann sieht . . . wie fürchterlich war das! Ich habe aber Courage gehabt. Ich sperr' die Tür wieder auf und schnell hinein: Das Zimmer war voll Gas; er war schon aufgestanden, aber vom Wein und vom Gas war er doch schon berauscht, schon vorher vielleicht. Da tappt er herum und sucht die Zündhölzchen. Draußen steigt der Mann die Treppe hinauf. Heiliger Gott! – Wenn Maxim jetzt die Zündhölzchen findet, dann geht das ganze Haus in die Luft! Und das Gas zischt immerzu. Ich hab' gewußt, noch zwei Minuten, und wir gehen beide drauf. Ich greife nach den Zündhölzchen und sag' zu ihm – er hat mich noch verstanden – bitte, laß mich anzünden, Herzli. Er gibt mir die Schachtel – ich gehe zum Fenster, reiß es weit auf und werf' sie hinunter. Das Gas schleudert mich nieder. Aber ich bin doch bis zur Tür gekrochen und hinaus. – Er trampelt im Zimmer herum, reißt an der Klinke und stöhnt – und dann auf einmal, auf einmal wird es still, so schön still, ach, so herrlich still, so fürchterlich still . . . Ich reiß die Tür weit auf – das Zimmer ist leer. Er hat sich keinen Ausweg gewußt als durch das Fenster. Ich dreh' den Gashahn wieder zu – stoß Tür und Fenster auf und lehn' mich aus dem Fenster hinaus und kann nicht atmen vor Aufregung. Ob er nicht stöhnt? Ob man ihn nicht schreien hört? Ob . . . Nein, nein, nein . . .

Um sechs Uhr bin ich auf der Gasse. Das Zimmer geht auf einen Lichthof; alle diese Wohnungen in der Rauhensteingasse haben Lichthöfe, jetzt wird man ihn finden, wenn die Dienstmädchen die Teppiche klopfen.

Jetzt . . . hast du Geld? Gib mir, was du hast. Du bekommst es sicher wieder. Ich sag' kein böses Wort zu dir . . . nein, Erik, ich hab' dich heute noch lieb, ebenso lieb wie vor einem Jahr . . . Mein Kind soll nach dir heißen, nicht Ossonski, sondern Erik Gyldendal. Vielleicht schreibe ich dir.

Und du, sei glücklich! Sei nicht traurig über mich; ich selbst bin schuld daran! Nicht wahr, du bist nicht schuld? Du . . . du . . . nicht.«

Er gab ihr das Geld, für das Ediths Geige gekauft werden sollte.

»Tausend Dank, Herzli«, sagte sie, von Schluchzen hin und her geworfen, beugte sich über ihn und küßte seinen Mund. »Leb' wohl, vergiß mich nicht!«

29

Das Telephon bei Bankier Gyldendal ist im Speisezimmer. Frau Lea Gyldendal hat heute Besuch. Lilly Fränkel, genannt Lola, dann James, genannt Jockl, und Lolas Bräutigam, Harold Tugendhaft.

Das Telephon klingelt aufgeregt.

»Wer dort?«

»Hofrat Braun.«

»Hier Lea Gyldendal. Sie wollen mir dazu gratulieren, daß Erik Professor geworden ist? Ich danke Ihnen. Aber könnte man es nicht einrichten, daß er in Wien bleibt, Herr Professor, statt nach . . .«

»Gewiß, gnädige Frau. Aber ich hätte Ihnen eine Mitteilung zu machen . . .«

»Jockl, wirst du nicht aufhören, mit den Löffeln zu klappern?« sagt Lea Gyldendal.

»Die Buben sind heutzutage so ungezogen«, sagt Lola Fränkel zu ihrem Bräutigam, einem Bielitzer Fabrikanten.

»In der Tat«, antwortet Herr Tugendhaft.

»Sei nicht so unverschämt!« sagt Lola zu Jockl, der die Zunge herausstreckt.

»Du selbst bist unverschämt!« sagt Jockl.

»Man versteht sein eigenes Wort nicht«, sagt Lea Gyldendal ins Telefon. »Bitte, Herr Hofrat?«
»Ihr Herr Sohn war heute in meiner Ordination.«
»Was meinen Sie? Ordination? . . . Ich dachte . . .«
»Hier Hofrat *Ludwig* Braun, nicht Gustav Braun.«
»Entschuldigen Sie, Herr Hofrat, ich habe Sie mit Ihrem Bruder verwechselt, Sie haben beide die gleiche Stimme . . . Sofort . . . ich will nur meine Gäste bitten, in den Garten zu gehen, es ist jetzt zu unruhig hier . . . Ja . . . Erik kam wegen seines Ausschlages an der Hand, nicht wahr?«
»Sie wissen davon, gnädige Frau?«
»Ich habe ihn schon vor drei Monaten gebeten, sich behandeln zu lassen.«
»Drei Monate?«
»Ich habe nicht genau verstanden. Die Leitung mit Döbling ist so schlecht.«
»Wäre es nicht besser, wenn ich Sie selbst sprechen könnte?«
»Ja; um was handelt es sich? Ein bekannter Arzt meinte, es sei – Sie als Arzt werden ja das verstehen – eine Ansteckung, oder so etwas.«
»Nein, gnädige Frau. Leider ist es viel Ernsteres.«
»Was? Etwas Gefährlicheres?«
»Das nicht, beunruhigen Sie sich nicht!«
»Man muß jedenfalls Klarheit darüber haben . . . Wann kann ich Sie sprechen? Ich bin in einer Viertelstunde bei Ihnen.«
»Leider unmöglich. Ich habe Prüfung abzuhalten . . . ich telephoniere jetzt von der Universität aus.«
»Also wann, bitte, Herr Hofrat?«
»Wollen Sie vielleicht die Güte haben, in die Universität zu kommen; nach den Rigorosen stehe ich sofort zu Ihrer Verfügung. Regen Sie sich doch nicht unnötig auf. Ich sage

Ihnen, es ist nichts absolut Gefährliches.«
»Ja, Herr Professor, ich bin in einer halben Stunde unten.«
»Nicht notwendig, gnädige Frau, die Prüfung dauert bis sechs. Jetzt entschuldigen Sie mich, die jungen Leute warten.«
»Auf Wiedersehen!«
»Auf Wiedersehen . . .«

Der Arkadenhof der Universität. Still, ein edler Renaissancebau. Seit ein halb fünf wartet Lea Gyldendal. Die Uhr an der Votivkirche schlägt.
Hier ist er ein- und ausgegangen, denkt sie. Irgendwo in diesen Gängen hat er seinen Hörsaal. Wenn er jetzt herauskäme, die Studenten wären alle um ihn – alle wünschten ihm Glück, er ist der jüngste außerordentliche Professor. Man muß ein Souper geben. Deshalb hat er wohl von Christian das Geld verlangt.
Nein, es ist fürchterlich. Es muß etwas sehr Ernstes sein, sonst hätte Braun mir nicht telephoniert. Er ist verunglückt, eine von diesen schrecklichen Röhren ist gesprungen, vielleicht hat sie ihn verletzt . . . wie mich damals am Kinn. Er ist doch von selbst zu Braun gekommen! Vielleicht hat ihn der Gustav Braun zu seinem Bruder geschickt. Es muß etwas Schweres sein; damals, vor drei Monaten, als ich ihm seinen Schreibtisch aufgebrochen habe, da lag eine rostige Morphiumspritze darin. Der arme Junge! Du mein einziger, geliebtester, armer Erik! Du hast Schmerzen gehabt! – Und ich habe ihm das alles vorgeworfen, auch die wunde Hand! Ich habe ihn aus dem Haus gejagt, den Hausschlüssel habe ich ihm wegnehmen lassen. Seine Röhren habe ich zertreten. – Und er ist doch etwas geworden. Er ist Professor mit siebenundzwanzig Jahren! Aber er muß sich jetzt schonen. Wir gehen zusammen fort,

meinetwegen mit der Helene Blütner. Wenn Christian wüßte, weshalb ich nicht nach Paris fahren will! Nicht mit ihm! Aber mit Erik ginge ich jeden Tag, jede Stunde ... Es ist so schön hier. Überall Denkmäler. Wie spät ist es? Halb sechs. Ich sehe mir die Denkmäler an; inzwischen kommt Braun. Damals, als er Dozent wurde, habe ich das alles nicht gesehen; wir sind hier gar nicht durchgekommen mit all den Verwandten, den Fränkels, den Ehrenfelds. Ich habe immer die Ehrenfeldkinder mit ihm verglichen; jetzt wird man sie mit Erik vergleichen ...

Wunderbar schön sind diese Denkmäler!

Da stand ein Denkmal aus Bronze, Ernst Brücke. Klein, listig, in einen Pelz gehüllt, ein Mikroskop vor sich.

Dann Theodor Billroth, riesengroß, mit unsagbarer Güte in dem gesenkten Blick, das Messer in der Hand, halb verborgen, als ob er sagen wollte: Keine Angst, es wird dir nicht weh tun. Ich will dir helfen.

Ein anderes. Petzval. Ein ernstes, schönes, etwas verbittertes Gesicht, ein Mensch mit seinen Apparaten: Nehmt meine Apparate mit in meine Unsterblichkeit.

Studenten gingen vorbei; auch ein junges Mädchen in rotem Kleid und schwarzem Hut. Zwei Couleurbrüder mit grünen Kappen; die schlugen fest mit dem Spazierstock auf den Boden. Dann ward es wieder still.

Andere Monumente.

Langer. Die Ärmel des Seziermantels aufgekrempelt, nachdenklich, einen Totenkopf in der Hand. Er streichelt den Totenkopf. Dunkle, glänzende Bronze.

In welcher Welt leben diese Menschen? Wo haben diese Menschen Eltern und Kinder? Die Frau, die mit ihnen ging, die frei erwählte, die unter allen dazu bestimmte Gefährtin – die konnte man sich denken. Aber die Mutter? Waren das Lehrersfrauen aus Stockerau oder alte Beamtenwitwen?

Wie nichtig, wie fremd war ihre Existenz neben der des großen Sohnes!
Ein Astronom. Ein wunderwolles, von innen erleuchtetes Gesicht, das etwas von einem Helden und etwas von einem Heiligen hat. Als Hintergrund des Denkmals ein gestirnter Himmel. Das Epitaph: »Das Dopplersche Prinzip sichert dem Namen seines Entdeckers Unvergänglichkeit.« . . . Gyldendal, Erik Gyldendal: Das Gyldendalsche Phänomen sichert seinem Erfinder die Unsterblichkeit. Sie wußte jetzt, was all diese Statuen zu ihr sagten; die bronzenen, die grünleuchtenden, die kalten weißen – und dann die leeren Stellen an der Wand zwischen ihnen – mitten in den edelgeschwungenen Arkaden mit der Aussicht auf den stillen, grünen Hof, der nun ganz verlassen war in der Dämmerung des Abends . . .
Erik Gyldendals Standbild würde einst dastehen, später, nach Jahren großzügiger, genialer Arbeit – das Gesicht ihres Sohnes, seine schönen, aber etwas grausamen Züge, die Unterlippe, die so oft zitterte – all das würde spätere Geschlechter an ihn erinnern . . . Es war ihr, als sei ihr eigenes Leben jetzt größer und blühender als zu der Zeit, da sie Mozart und Wagner gesungen hatte . . .
Es schlug von der Uhr der Votivkirche sechs. Dann kamen viele Studenten, die laut sprachen und lachten.
Drüben waren auch Bilder von Juristen und Philosophen, aber Lea Gyldendal war nun viel zu ungeduldig – sie zitterte jetzt vor jedem Augenblick und vor Braun und vor den Worten, die er ihr zu sagen hatte.
Da kam ein kleiner, sehr eleganter Herr an ihr vorbei und sah sie an. Gleich nach ihm Hofrat Braun.
»Aber Zeitlinger, laufen Sie mir doch nicht davon! Ich erlaube mir vorzustellen: Professor von Zeitlinger, Chirurg – Frau von Gyldendal. Wissen's was, gnädige Frau, setzen

wir uns erst ein bisserl nieder, dann können wir die Sache in Ruhe besprechen.«
Sie traten in ein kleines Vestibül ein. Da stand ein Büfett, auf dem große Gläser Milch und Teller mit Butterbroten, verstaubten Orangen und vertrockneten Kuchen standen. Das junge Mädchen beim Büfett verbeugte sich vor den Professoren. »Küss' die Hand, Herr Hofrat.«
Braun scheuchte sie weg wie eine Fliege. Er setzte sich neben Lea Gyldendal. Zeitlinger, der große Chirurg, nahm den Hut ab. Er hatte ganz kurzgeschorene, dichte, weiße Haare und einen gütigen, aber gleichzeitig strengen Blick; er stand schlank und lässig da, elegant wie ein Aristokrat beim Rennen. Dann fing Braun an.
»Sie müssen schon entschuldigen, daß ich nicht gleich zu Ihnen gekommen bin, aber so eine Prüfung ist wie eine Gerichtsverhandlung. Da muß ein jeder pünktlich sein. Na ja. Um also auf die Sache beim Herrn Dozenten (mit einem Blick auf Zeitlinger, der sich zu langweilen schien), pardon, den Herrn Professor zu kommen, so muß ich Sie schon darauf vorbereiten, daß die Affektion sozusagen ernst ist.«
»Um was handelt es sich?« fragte Lea Gyldendal. Sie dachte: Die haben dich hier niedersetzen lassen, damit du nicht ohnmächtig wirst, aber ...
»Ich habe mit meinem Herrn Kollegen eben erst darüber gesprochen, und er ist meiner Meinung; nicht wahr?«
Zeitlinger verbeugte sich.
Man sieht, ihr habt keine Kinder, sonst würdet ihr einen nicht so martern, dachte Lea Gyldendal; was liegt an einem medizinischen Rigorosum, wenn ...
»Wir nehmen an, daß Ihr Herr Sohn, der sich ja seit sieben Jahren mit Röntgenstrahlen und ähnlichem Zeug beschäftigt, sich eine bösartige Wucherung durch diese Strahlen zugezogen hat.«

»Was heißt das, bösartig?«
»Ja, darüber sind sich die Gelehrten noch nicht einig«, sagte Zeitlinger, der sich gern reden hörte. »So viel ist sicher, daß das Krebsgeschwür wächst und rücksichtslos alle andern Gewebe auffrißt – und in andere Organe hineinspringt; das nennt man dann Metastasen. Warum gerade diese Strahlen so wirken? Wer soll das heute wissen? Und auch – wie heißt nur der Amerikaner? – hat sich die Hand wegen eines solchen Krebses abnehmen lassen, und doch . . .«
Da fiel der Kopf der Frau dumpf nieder auf die Bank. Das Mädel beim Büfett erschrak, schrie auf und brachte eilends ein großes Glas Milch.
»Ach was, Milch, Sie dalkerte Gredl, geben S' ihr einen Schnaps oder so was!« rief Braun.
Zeitlinger hatte die Frau auf die Bank gelegt.
Lea Gyldendal hatte die Augen wieder offen und sah alle Leute ruhig an.
Den Schnaps wollte sie nicht.
»Das war auch nötig«, sagte Zeitlinger zu Braun, »daß Sie mich hergeschleppt haben!«
»Aber man muß doch wegen der Operation eine Entscheidung treffen.«
»Ach, daran glauben Sie doch selbst nicht!« sagte Zeitlinger.
Lea Gyldendal richtete sich auf.
»Bitte, sagen Sie mir ganz offen, ob mein Sohn Chancen hat – nein –, ob er noch zu retten ist, nicht wahr – er ist mein einziger – Herr Professor – und – ich glaube – er hat ja niemanden als mich. Höchstens das: da ist noch ein junges Mädchen – bitte verstehen Sie mich recht – wenn die Sache gefährlich wäre – dann sollte er sie vorher heiraten, damit sein Kind – ich weiß ja nicht, aber – das wäre sonst ein großes Unrecht, denke ich.«

Ganz, ganz leise lächelte Braun.
»Ich kann Ihnen nur sagen, daß es bekannt ist – die Röntgenleute kriegen keine Kinder. Nie, nie. Oder wenn sie ein Meerschweinchen oder ein Karnickel bestrahlen, so gehen diese – die betreffenden Organe – in absehbarer Zeit zugrunde. Aber das ist ja alles nebensächlich. Wir wollen nur daran denken, wie man Ihrem Sohn am besten hilft. Courage, gnädige Frau, Courage! Die Hauptsache ist, daß man Ihren Sohn operiert. Herr von Zeitlinger ist ja auch damit einverstanden, den Eingriff auszuführen . . .«
»Was? Welchen Eingriff?«
»Ja, das kann man vorher nicht genau sagen. Es sind schon Drüsenmetastasen in der Achsel da«, sagte Zeitlinger sachlich, »nicht wahr, Kollege?«
Braun nickte.
»Das kompliziert die Operation, selbstverständlich. Die unmittelbare Gefahr wäre ja nicht so groß, aber . . .«
Braun flüsterte dem Chirurgen etwas ins Ohr.
»Nein, Herr Kollege«, sagte Zeitlinger, der jetzt etwas alle Überragendes in seiner Stimme und in seinem Blick hatte, »ich glaube, wir dienen der gnädigen Frau und dem Patienten besser durch volle Aufrichtigkeit. Rückhaltlos . . .«
»Gewiß«, sagte Lea Gyldendal fest. »So ist es.«
»Ich selbst habe keine besondere Erfahrung in diesen Röntgenneubildungen«, fuhr er fort. »Manche Krebse wachsen langsam und sind leicht zu operieren. Andere sind sehr bös, das läßt sich nicht so sagen. Nur das eine wollte ich fragen, wie lange bestehen die Geschwüre?«
»Drei bis vier Monate«, sagte Lea Gyldendal.
»Nur so lange?« fragte Zeitlinger.
»Ja«, meinte Lea Gyldendal, voll von Hoffnung, »noch vor drei Monaten waren sie kaum zu sehen.«
»Das ist aber bös! Sehen Sie, Braun, dieselbe Geschichte wie

bei Obolinsky. Das sind infam tückische Sachen.«

Pause. Das Mädchen am Büfett klapperte mit den Tellern. – Lea Gyldendal stand auf.

»Eine Frage noch. Wenn also die Operation ausgeführt wird, kann er dann noch arbeiten? Kann er weiterarbeiten wie bisher? Sonst käme es uns schwer an, ihm diese Operation vorzuschlagen.«

»Kaum«, sagte Zeitlinger leise. »Nein, selbst im besten Falle wird er nie mit Röntgenstrahlen arbeiten dürfen. Selbst wenn der Stumpf des Armes . . . da ist nichts mehr zu wollen, nichts.«

»Noch eine Frage! Seien Sie nicht bös, wenn ich Sie so lange aufhalte. Wie lange hat er zu leben, wenn man keine Operation macht?«

»Ja, bei guter Behandlung und sehr sorgfältiger Pflege – ohne Morphium wird man ja nicht auskommen – kann er ja noch eine Zeitlang ganz ohne besonderen Schmerz leben«, sagte Zeitlinger.

»Wie lange?« fragte Lea Gyldendal.

»Da läßt sich kein Termin festsetzen«, meinte Braun, »und dann, gnädige Frau, noch etwas, wir können uns irren; was wir wissen, das wissen wir nur von hundert anderen Fällen, aber der hundertunderste kann anders sein, gar nicht so tragisch. Ja, man kann immer hoffen. Man muß immer noch hoffen. Dazu hat der Arzt die Pflicht und der Patient das Recht.

Meiner Ansicht nach – ohne meinem geehrten Kollegen entgegentreten zu wollen – haben inoperable Hautkarzinome mit Drüsenmetastasen drei Monate; sechs meinetwegen . . .«

Sie traten wieder in den Arkadenhof hinaus. Die Statuen der Heroen der Wissenschaft leuchteten und glänzten. Brücke sah listig in sein Mikroskop, Billroth hatte sein

Skalpell in der Hand, Doppler blickte mit versonnenem Lächeln das gestirnte Firmament an. »Das Dopplersche Prinzip sichert seinem Entdecker die Unvergänglichkeit.«
»Weiß mein Sohn das alles?«
»Ich habe ihm die Situation angedeutet. Er hat es so aufgenommen, wie – wie wir es von ihm erwartet haben. Das können wir Ihnen sagen, gnädige Frau, Erik Gyldendal ist ein genialer Kerl und ein ganzer Mann; ich habe ihn nie mehr bewundert als heute«, sagte Braun. »Sprechen Sie mit ihm, und dann – ja, zu jeder Stunde, wann und wo Sie wollen, stehen wir, Baron Zeitlinger und ich, zu Ihrer Verfügung. Ich küss' die Hand, gnädige Frau.«

30

Erik ist auf dem Weg zu Edith. Ihr muß ich es sagen – aber erschrecken darf sie nicht. Man muß sie ganz sanft darauf vorbereiten. Ist es wirklich so schrecklich? Eigentlich gehe ich an dem zugrunde, was mich groß gemacht hat. Groß? Was liegt daran, daß mein Name in »Valentins Physik für Mittelschulen« stehen wird! Die Gymnasiasten werden sich damit abplagen, mein Phänomen zu verstehen, und werden sich die Formeln, an denen ich drei Jahre lang gearbeitet habe, vom Nachbar einsagen lassen, wie sie sich das Ohmsche Gesetz einsagen lassen.
Was liegt an all dem? Ist meine Arbeit das wert gewesen? Gestern, heute früh noch war ich überzeugt davon, jetzt glaube ich nicht mehr daran.
Ich muß mich operieren lassen; Schluß mit der Physik, Schluß damit. Wie sagte Dina? Solange der Strom durch die

Röhre geht, solange ist alles gut. Wenn die aber einmal versagt, dann wird es schrecklich sein. Du bist einer ohne Mitgefühl, ohne Mitleid, ohne Mitfreude. Du wirst einsam sein, ein absolut leerer Raum mit einem Mantel von Glas. Überflüssig. Wer hat das gesagt, überflüssig? Ja, Mama meinte, das seien alles dumme Faxen.

Das war alles, bevor ich Edith kannte. Jetzt ist alles anders. Sie ist ja so schön! Was liegt an der Hand, die ich mir abnehmen lassen muß! Küsse ich Edith mit meiner Hand? Das Leben, das wartet auf mich.

Wie lange kann es dauern, bis die Wunde geheilt ist? Vierzehn Tage vielleicht. Dann gehe ich mit ihr an die Riviera, oder ich mache eine Reise nach Ceylon. Sie wird gut zu mir sein. Aber sie darf nicht erschrecken.

Er klopft an ihre Tür.

»Herein!« ruft Edith. Sie hat ein weißes Kleid an, das ganz lose an ihrer graziösen Gestalt herabflattert. Die Arme sind bis an die Achsel frei, weil sie im Spiel nicht gestört sein will. Sie übt das Mendelssohnsche Konzert in E-moll.

»Bitte, laß dich nicht stören«, sagt Erik.

»Nur eine halbe Stunde«, sagte sie mitten in der endlosen, trillernden Kadenz des ersten, düster feurigen Satzes. Er hört zu. Gedanken, Wünsche, Hoffnungen steigen in ihm auf wie Luftblasen in siedendem Wasser. Beängstigend; er ist jetzt so arm und sie so reich; sie ist schön, talentiert, und ihre Bewegungen haben den wehenden Schwung der athenischen Nike.

Er ist aber voller Angst und zittert. Die Kadenz ist zu Ende. Sie läßt die Geige sinken und sieht ihn an.

»Jetzt setzt das Orchester ein«, sagt sie. »Die Stretta. Wie nett es wäre, wenn du mich am Klavier begleiten könntest! Was ist denn das mit deiner Hand? Wird denn die dumme Geschichte niemals gesund?«

Edith wartet nicht auf Antwort, sondern spielt das Finale des ersten Satzes, das immer schneller wird, in dem die Töne sich hetzen und hintereinander herjagen wie die bunten, schnellgliedrigen Leoparden in dem Zuge des Dionysos. Sie stampft mit dem Fuß den Takt, nicht ihre Hand allein spielt, auch ihr Kopf, ihre Schultern, ihre Hüften. Jetzt hat das schön herabfallende Kleid dieselben Falten wie das Peplon der athenischen Nike. Der erste Satz ist zu Ende. Edith ist müde, abgespannt. Ihr fehlt der Applaus. Sonst würde sie sich verbeugen, ihre Augen würden strahlen, ihr Mund müßte beglückt lächeln. So aber ist alles öde.

»Was ist denn mit meiner Geige?« fragt sie. »Hast du mir sie gekauft? Hat der Mann etwas vom Preis nachgelassen? Morgen abend soll ich bei der Agentur Gutmann spielen. Da soll die Violine eingeweiht werden. Deine Violine. Das gibt vielleicht dann einen Vertrag für das nächste Jahr.«

»Nein, ich habe noch nicht daran gedacht, Edith«, sagt er. »Das Geld dafür habe ich für etwas anderes verwenden müssen, aber du bekommst deine Violine.«

»Ja«, sagt sie eigensinnig, »du weißt ja, daß auch andern Leuten solch eine Guarneri gefällt.«

»Ich kann nichts dafür.«

»Du kannst nie etwas dafür, natürlich«, sagt sie verdrossen.

Eine Pause . . . Sie zupft an den Saiten.

»Heute war ich wieder bei Hofrat Braun«, fängt er an, ganz leise und behutsam.

»Ja«, sagt sie gelangweilt.

Dieses gedehnte, gelangweilte, herzlose Ja empört ihn.

»Die rechte Hand ist verloren!« schreit er.

Sie wird ganz blaß, der Bogen fällt ihr aus der Hand.

»Das kann nicht sein«, sagt sie leise.

»Es ist doch so«, sagt er.

Sie beginnt zu weinen. Draußen auf der Straße wird das

Pflaster ausgebessert. Die Arbeiter schlagen mit großen eisernen Klöppeln die Steine in die Erde hinein.
Edith hebt den Bogen auf und überzeugt sich, daß er nicht zerbrochen ist. Sie weiß nicht, was sie sagen soll. Aber er weiß es. Er hat sie lieb. Sie ist traurig, und so tröstet er sie.
»Nimm es nicht so schwer. Die Operation ist nicht gefährlich. In vierzehn Tagen bin ich gesund, und dann habe ich Zeit nur für dich, für nichts andres auf der Welt. Wir machen eine Reise nach der Riviera . . .«
»Nach Monte Carlo«, lächelt sie durch Tränen.
»Auch nach Monte Carlo, und dann weiter, immer weiter – und immer bist du bei mir, und ich bin bei dir, dir ganz allein.«
Eine Pause . . .
»Ich bin mit dir?« fragt sie jetzt nachdenklich.
»Wird das nicht herrlich?« sagt er. »Der außerordentliche Professor Erik Gyldendal und Fräulein Edith Blütner, machen eine Reise um die ganze Welt.«
Edith antwortet nicht; sie geht zum Fenster und sieht den Arbeitern zu, die zu zweien einen schweren Klöppel handhaben. Sie kommt wieder zu ihm.
»Mein lieber Erik«, sagt sie, »ich tu alles für dich, aber nur als deine Frau. Sieh nur, wenn ich jetzt von hier weggehe, dann ist meine Karriere als Virtuosin aus. Und wer soll mich dann heiraten, wenn ich mich einmal so bloßgestellt habe . . . Siehst du das ein? Schon jetzt reden die Leute schreckliche Sachen über uns.«
»Ja, ich sehe das ein«, sagt er in einem Ton, der ausdrückt, wie empört er ist. Es ist der Ton eines geduckten, gezüchtigten, feigen, durch die Gefangenschaft geschwächten Raubtieres.
Sie fürchtet, daß sie ihre Partie verlieren würde, sie will ihn zu sich ziehen – aber das einfachste fällt ihr nicht ein;

irgendeine dumme Liebkosung, ein schmeichelndes Liebeswort, ein kindischer Trostversuch, das würde ihn unendlich glücklich machen, ihn aussöhnen mit dem schrecklichen Schicksal, das er deutlich vor sich sieht und mit jeder Minute deutlicher.

Aber das junge Mädchen ist dumm; wie alle dummen Menschen ist sie gefährlich, sie schadet sich und den andern mehr, als es der böseste Mensch könnte. Sie glaubt, sie müsse dem jungen Millionärssohn das Eheversprechen erpressen, jetzt, wo er auf sie angewiesen ist, wo er nicht leben kann ohne sie.

»Versteh mich recht«, sagt sie, »was liegt mir an dem goldenen Ring! Aber ich möchte nicht einmal dastehen wie die arme Helene. Erinnerst du dich daran, wie wir uns zum erstenmal geküßt haben? Wir waren alle drei im Zimmer – da hab' ich dich angesehen, du hast natürlich gleich verstanden und hast gesagt: ›Du Heli, sei so gut und koch uns Tee; eine halbe Minute soll er sieden und vier Minuten ziehen; genau nach der Uhr; so macht man bei uns zu Hause den Tee.‹ Erinnerst du dich? Und sie ist hinausgegangen, und wir haben gewußt, daß wir fünf Minuten Ruhe vor ihr haben. Du hast mich geküßt, erst ins Ohr und dann auf die Stirn, und dann, als die Helene zurückkam, da sind wir wieder ruhig nebeneinander dagesessen und haben uns von Ysaye und seinem Sohn erzählt. – Das will ich nun nicht. Ich nicht. Nein. Kein Mann auf der Erde wäre mir das wert, daß ich seinetwegen hinausgehen sollte, damit er inzwischen eine andre küßt! Nein, das nie, nie, nie! Helene ist doch auch verlobt. Weshalb soll ich ledig bleiben?«

Er ist voll Wut. Sie hat kein Wort des Mitleids für ihn gehabt, sie ist so unverschämt, ihm Infamien vorzuwerfen, dieselben Infamien, die er ihretwegen an Helene begangen hat.

Sie hat es gewagt, ihn vor ein brutales Entweder-Oder zu stellen – das alles ist nichts anderes, als was er selbst an andern getan hat.

Er liebt Edith, er liebt sie immer noch. Ihre herrliche Gestalt, den wehenden Schwung ihrer Bewegungen, den süßen Klang ihrer Stimme, die so harte Worte hat, die so dumme, brutale Gedanken ausspricht. Was liegt ihm an der Ehe? Selbstverständlich würde er sie heiraten und ihr den Rest seines Lebens widmen, ihr allein. Was sollte er denn sonst damit anfangen? Aber er weiß, wenn er jetzt nachgibt, wenn er ihr Opfer bringt – dann ist alles nutzlos, so wie die Opfer nutzlos waren, die ihm Bronislawa, Dina, Helene gebracht haben.

Er nimmt ihr den Bogen aus der Hand. Ihre rechte Hand legte er in seine gesunde linke. Sie glaubt, daß er jetzt das tun wird, was sie will, und sagt: »Nicht wahr, ich hab' doch recht?« Er biegt ihren kleinen Finger, streckt ihn gerade. »Nein, du tust mir weh!« schreit sie; »laß mich!«

Ich könnte ihr den Finger verrenken, dann könnte sie nie mehr Geige spielen, dann wäre sie gebrochen wie ich, Sklave, nicht mehr Herr. Was könnte mir geschehen, wenn ich das täte, ich, der einen Krebs hat an der Hand, was kann mir noch geschehen?

Er biegt ihren Finger nieder, streckt ihn im Gelenk, sie will ihm die Hand wegziehen, ihre Augen sind weit aufgerissen, aus Wut und Verzweiflung. Da ist sie immer noch schön; aber schön wie die Meduse.

Er denkt: Sind wir uns dann wirklich näher? Wozu? Die Last meines Lebens wird nicht um einen Hauch leichter.

Er läßt ihre Hand los. Sie läuft in die Ecke, verbirgt ihre Hände hinter dem Rücken, aber in ihren Augen ist etwas Neues: die Furcht, die Bewunderung vor ihm, dem Großen, Überstarken, die Dankbarkeit – und die Liebe.

»Ich gehe doch mit dir«, sagt sie leise, »wenn du mich noch willst.«
Er steht langsam, schwerfällig auf.
»Nein«, sagt er, »adieu!«

31

Die ganze Szene hat eine Viertelstunde gedauert. Erik geht zur Post und will an Helene telegraphieren. »Blütner, Leopoldsteiner See.« Nein, »Gasthof zum Leopoldsteiner See«. Der Ort muß doch einen Namen haben, aber welchen? Hoffentlich kommt das Telegramm an.
»Schwere Erkrankung der Hand. Operation. Komm! Erik.«
Er zählt die Worte ab, indem er mit der Feder unter jedes Wort einen Punkt setzt.
Der Beamte am Schalter zählt ebenfalls die Worte, setzt gleichfalls unter jedes Wort einen Punkt und addiert die Punkte. Jetzt sind unter jedem Wort zwei Punkte . . .
Weshalb bemerkt er das? Weshalb denkt er darüber nach? Er will nicht zum Bewußtsein seiner fürchterlichen Lage kommen. Er fürchtet sich vor der Klarheit; er verzweifelt, will sich aber nicht zugeben, daß er verzweifelt. Es ist nicht ganz so, wie damals an dem Abend – oh, wie weit das ist – dem Abend, an dem seine Mutter die Morphiumspritze, das Veronal und die andern Schlafmittel gefunden hat. Er ist aus dem Haus gejagt worden; er ist zu Helene gegangen. Helene hat ihm geholfen, sie wird auch jetzt helfen. Sie allein kann es. Sie muß.
Er hat seit jener ersten Nacht und auch nachher immer gut geschlafen. Jetzt vor der Operation und später wird er aber Schlafmittel brauchen. Er geht in die nächste Apotheke und

schreibt sich selbst ein Rezept auf eine starke Morphiumlösung und auf zehn Gramm Veronal.
Der Provisor packt alles sorgfältig ein.
Ich habe jetzt vier Stunden Zeit; mit dem Achtuhrzug wird Helene kommen, demselben Zug, den damals Dina benützt hat. Ich hätte nach London fahren können. Dann wäre Dina nicht zugrunde gegangen. Ich hatte aber keine Wahl. Bin ich wirklich schuld daran . . .? Ist es denn so fürchterlich bei den andern?
Ich könnte nach Hause, meine Sachen ordnen und einpacken – oder in den Prater? – Nein, lieber nach Hause. Im Wagen überlegt er weiter.
Was ist denn meine Schuld?
Eine exaltierte Russin ist um hundertsechzigtausend Kronen gekommen, hat ihre Ehre verloren und wird ein uneheliches Kind haben. Um den Mann ist es nicht schade. Es gibt immer noch genug Janoupulos auf der Welt. –
Und Helene wird eben ein Jahr später anfangen, Medizin zu studieren, oder überhaupt nicht.
Und Edith wird keine Guarnerigeige bekommen und wird die Mittelmäßigkeit bleiben, die sie immer war.
Das alles ist nebensächlich. Große Worte für kleine Schicksale.
Aber ich selbst werde nie mehr arbeiten, ich werde vielleicht an der Operation sterben – ob sie wohl auch an der Achsel herumoperieren wollen? – und werde nie mehr einen physikalischen Versuch machen, nie Schüler haben. Mein Leben ist fertig mit siebenundzwanzig Jahren.
Wenn er sich nicht operieren läßt, hat er ein Jahr zu leben – seine Tante mit dem Magenkrebs lebte nur ein halbes Jahr, aber sie war schwach, und er ist jung und kräftig.
Er packt seine Koffer. Inzwischen wird es spät. Das Zimmer sieht ganz verändert aus; vielleicht ziehe ich doch

wieder zu Mama, denkt er. Die Pflege wird dort besser sein. Aber für all das wird Helene sorgen.
Er baut fest darauf, daß sie kommen und daß ihre unerschöpfliche Güte ihm verzeihen wird. –
Er nimmt einen Wagen. Der Abend ist schön, der Himmel tiefblau, die Bogenlampen flackern und zischen.
Wie süß doch das Leben ist! denkt er.
Ein Vorortzug von Rekawinkel kommt an. Liebespaare. Dann ein Haufen kleiner Mädchen in weißen Kleidern, die Lehrerin hinter ihnen. Alle tragen Blumen oder wenigstens Laub. Eines der Mädchen beginnt ein Lied, hoch, zwitschernd: Der Mai ist gekommen, – Die Bäume schlagen aus. – Der Mai . . .
Die Lehrerin lacht – sie selbst ist noch berauscht von der Sonne und der Luft des Tages – und gebietet mit einer gütig beschwichtigenden Handbewegung Schweigen.
Die weißen Kleidchen verschwinden in dem Portal nach und nach, immer noch lachend, zwitschernd und kichernd.
Erik lächelt.
Der Perron ist leer. Eine riesige Maschine gleitet in die Halle, träg und doch elegant. Der Lokomotivführer beugt sich heraus und trocknet sich mit einem roten Taschentuch das berußte Gesicht.
Plötzlich steht Helene neben ihm.
Sie hat das weiße Leinenkleid an, das durch die lange Bahnfahrt etwas zerdrückt ist. Licht, üppig und golden strömt ihr volles Haar wie eine Flamme unter dem weißen Hut hervor.
»Guten Abend, Erik!« sagt sie.
»Guten Abend, Helene!« Er versucht ihren Arm zu nehmen. Sie wehrt ab.
»Wohin gehen wir?« sagt er.
»Wohin Sie wollen«, sagt sie leise. »Ich habe aber nicht

länger Zeit als bis zehn Uhr. Edith weiß ja nicht, daß ich komme.«

»Du warst wohl sehr überrascht über mein Telegramm?«

»Ja; aber Egon hat vor einiger Zeit schon Andeutungen gemacht – daß – daß solche Dinge vorkommen.«

»Woher weiß Doktor Sänger davon?«

»Ach Gott, die Welt ist so klein.«

»Willst du – oder wollen Sie in das Westbahnrestaurant? Es gibt zwar Erinnerungen . . .«

»Ach, lassen wir das Vergangene vergangen sein.«

Der Kellner kommt; es ist derselbe, der sie vor drei Monaten bedient hat. Helene hat damals ein reichliches Trinkgeld gegeben; der Mann erinnert sich daran, lächelt und sagt: »Ich küss' die Hand, gnädige Frau.«

Er hält sie für Hochzeitsreisende, die eben zurückgekommen sind.

»Was möchten Sie?« fragt Erik und blickt nach alter Gewohnheit mit ihr in die Speisekarte. Seine Stirn streift ihr Haar. Sie wirft den Kopf zurück. Um ihren Mund ist etwas Wildes, Empörtes, etwas, das ans Licht will und nicht kann. Aber Helene weiß sich zu beherrschen.

»Ich habe keinen Appetit. Edith kann mir abends eine Kleinigkeit aus dem Restaurant holen lassen – jetzt will ich nichts – aber Sie – Herr Professor? Ich muß Ihnen zu dem neuen Titel gratulieren?«

»Ich Ihnen auch. Ich wünsche Ihnen Glück zu Ihrer Verlobung«, sagt er.

»Danke«, sagt sie hart.

Der Kellner sieht sie von der Seite an und denkt: Die zwei haben schon Streitigkeiten miteinander und sind erst seit drei Monaten verheiratet!

Eine Pause. – Erik schließt die Augen, er ist todmüde.

Eine Pause. – Ein Zug donnert herein. Gelbe Laternen

werfen ihre Reflexe auf Helenes lichtes Kleid. Die geschliffenen Gläser zittern und klingen. Violette Astern, Zyklamen und allerhand Grashalme mit grauer, samtweicher Krone, die auf dem leuchtendweißen Tischtuch in einer blauen Vase stehen, erbeben leise, wie von einem fernen Wind bewegt. – Erik streicht mit seiner gesunden Hand ganz leicht über die Blüten. Dann schließt er die Augen; er ist müde bis in den Tod.

Helene sieht ihn an, mit großen Augen. Sie sieht den Weg von Hieflau zu dem Bahnhof vor sich, die regenfeuchte, weißglitzernde Straße, die lichte Birke, die sich im Wind schüttelt, sieht sich und Erik wieder jenen Weg zurückgehen, langsam, still, Hand in Hand, die Wiesen entlang, die vom Regen halb erdrückt sind, die sich enge in die Falten und Furchen der Erde schmiegen, entlang das gelbe, weithin wogende Feld. Und das goldene Haar der Gerste gleitet durch seine Finger im Vorübergehen. –

Einen Augenblick lang vergißt sie alles, was nachher gekommen ist, Wien, Edith, Eriks dumpfes Zimmer mit den herabgelassenen Rolläden, in dem am Boden Dinas Zigarettendose golden im Dämmer schimmert, – vergißt die grauenhaft böse Stunde vor ihrem Haus, vor den unerbittlich dunklen Fenstern ihres Zimmers – vergißt die Kärntner Straße und Doktor Sänger, alles, – – – und sieht nur ihn und sich, tief und wortlos vereint, regenfeuchte Wege gehen, an goldenen Getreidefeldern vorbei.

Da schlägt er die Augen auf.

»Sei doch froh, Helene, das hast du dir ja gewünscht, daß ich am Boden liegen soll – ich habe es nicht besser verdient«, sagt er leise, fast zischend.

Sie steht auf; der Kellner hat sich abgewendet.

»Nicht so!« sagt er demütig, »wir können ja von andern Dingen reden.«

»Wie Sie wollen.« Sie setzt sich ihm gegenüber und sieht ihn lange an.

»Ich habe Ihnen telegraphiert«, sagt er, Wort für Wort monoton, wie wenn er das alles von einem Papier ablesen könnte, »weil . . . meine Lage ist sehr einfach. Entweder wird mir die Hand amputiert und die Achselhöhle aufgeschnitten, wo auch schon etwas Böses sein soll, und ich sterbe daran. Ganz gut, aber dann ist die Operation unnötig. Oder zweitens: Die Operation gelingt, nachher aber kann ich auf keinen Fall arbeiten und bin für immer ein Krüppel. Oder, Eventualität Nummer drei, ich lasse gar nichts machen und habe noch ein Jahr zu leben. Was soll ich wählen?«

»Ich kann das nicht beurteilen. Ihre Familie wird die zweite Möglichkeit vorziehen, denke ich.«

»Ich habe mit meiner Mutter noch nicht gesprochen.«

»Damit hat es angefangen«, sagt sie. »Übrigens müssen wir etwas bestellen. Hören Sie, Erik, wir haben noch nie Champagner miteinander getrunken – was halten Sie davon?«

Der Kellner lächelt über das ganze Gesicht; er denkt, solche Szenen enden immer mit einer Flasche Pommery.

»Ja, damit hat es angefangen«, fährt sie fort, »daß Sie sich von Ihrer Mutter losgesagt haben und zu mir gekommen sind. Und ich habe mir eingebildet, ich könnte Ihnen das sein, was eine Mutter ihrem Sohn ist. Das war Übermut. Wir alle sind mittelmäßige Menschen, Dina Ossonskaja, Ihre Mutter und ich. Wir sind nicht mehr und können nicht mehr als alle andern; ja, aber sehen Sie, ich habe mir eingebildet, ich könnte einen Menschen so unendlich lieben, daß ich ihm alles sein könnte; nein, noch mehr, daß ich ihm alles verzeihen könnte, alles Böse, alles Schlechte und Gemeine, selbst die häßlichen Gewohnheiten, die Sie in der letzten Zeit hatten . . .«

Sie erinnert sich der Szene im dunklen Zimmer und wird rot, leise angehaucht wie eine Pfirsichblüte. Auf ihren Lippen liegt die Erinnerung an ein sanftes, mädchenhaftes Lächeln, das einmal da war; jetzt ist nur noch die Erinnerung da.

Der Kellner bringt den Champagner und schenkt ein.

»Und Sie können das nicht, Helene?«

»Ach, laß das dumme Sie; wir können ja doch nie voneinander. Aber was uns zusammenhält, das ist keine Liebe. Nein, Erik, das war es schon in der letzten Zeit nicht mehr. Du, ich bin dir böse, ich hasse dich, so wie ein schwacher Mensch hassen kann.«

Leiser setzt sie fort: »Dieser Haß gegen dich ist stärker, tausendmal stärker als die Liebe zu dem andern. Deshalb, nur deshalb bin ich vom Leopoldsteiner See zu dir gekommen. Ich wollte dich ja auch nicht warten lassen, das mußte ich dir sagen, daß . . .«

»Sag's nicht noch einmal«, meinte er.

»Ach Gott, es wird sich schon eine finden, die dich pflegt. Ist es nicht Edith, so ist es eine andre.«

»Ich brauche niemanden«, sagt er. »Für Geld und gute Worte kann man eine Rotekreuzschwester haben, die einem die Verbände macht. Du kannst ja wieder gehen. Du kannst ja wieder gehen, es ist gerade Zeit. Wenn du einen Wagen nimmst, bist du noch vor zehn Uhr bei deiner Schwester.«

»Erlaube mir noch ein Wort, Erik. Du weißt, ich bin mit Egon Sänger verlobt; ich werde ihn in drei Monaten heiraten und ihm eine so brave Frau sein wie jede andre. Aber wenn du mich brauchst, aus Mitleid komm ich zu dir und will dich pflegen. Das ist alles, was ich tun kann. Du kannst auf mich rechnen. Wenn du eine Rotekreuzschwester nötig hast, so weißt du die Adresse: Sonnenfelsgasse 73, und ich tu's ohne Geld und ohne gute Worte. Adieu, auf Wiedersehen!«

»Leb wohl, Helene!«

Sie geht und kommt nach drei Schritten wieder zurück. Sie nimmt seine Hand und sagt mit einer sonderbaren tiefen Stimme:

»Ich soll dich grüßen lassen . . .« – sie hält seine kranke Hand leise schonend empor, fast bis zu ihren Lippen, wie wenn sie die Hand küssen wollte – und dann hastig, kalt mit der gewohnten Stimme: »Ja, die Frau Ahorner vom Leopoldsteiner See läßt dich grüßen, Erik!«

32

»Bitte, gnädige Frau!« sagt das Stubenmädchen und öffnet Lea Gyldendal die Tür zur Wohnung ihres Sohnes.

Die Zimmer sind leer. Zwei Koffer sind gepackt; schlecht gepackt. Aus dem einen ragt der weiße Zipfel eines Laboratoriummantels hervor. Dann ist noch eine Kiste da, die mit Nägeln verschlagen ist.

Frau Gyldendal setzt sich auf einen Stuhl und erwartet ihren Sohn. Sie ist ruhig, so ruhig, daß sie sich darüber wundert. Aber wenn draußen Schritte zu hören sind, wird sie blaß und steht auf. Es kommt niemand herein.

Weshalb hat Erik die Koffer gepackt? Will er fort? Wo ist er jetzt, zu wem ist er gegangen?

Sie rennt hin und her; sie rüttelt an dem schlecht verschlossenen Koffer, der ihren Hausfraueninstinkt verletzt. Es kommen Schritte, jemand klopft. Das Dienstmädchen tritt ein und will das Bett machen.

Hier hat er ein Bett gehabt, ein wirkliches Bett, in unsrer Wohnung nur einen Schlafdiwan. Vielleicht hat er deshalb

früher so schlecht geschlafen. Dieser Umstand erscheint ihr jetzt als schweres Unrecht, das kaum mehr gutzumachen ist. Es ist ganz dunkel geworden.
Er kommt nicht mehr zurück! denkt sie in wilder, empörter Verzweiflung. Er hat mich nicht mehr lieb. Ich hab' mit ihm gebrochen, ich habe es darauf ankommen lassen – so, als wäre er ein fremder, böser Mensch.
Nein, er ist gut. Er wartet vielleicht auf mich. Er spricht jetzt vielleicht mit Papa. Die beiden sind im Garten – oder im kleinen Salon. Sie sieht das jetzt so deutlich vor sich, sie glaubt so fest daran, daß sie fortgeht und dem Kutscher die Adresse ihrer Villa gibt.
Der Wagen fährt leicht und schwingend, frische Luft kommt durch die offenen Fenster der Kutsche.
Aber es wartet daheim keines Menschen Seele auf sie.
Der Bankier wäre dagewesen und habe Lola Fränkel nach Hause begleitet, sagt man ihr.
Nein, Erik hat sich zur Operation entschlossen, er bespricht die Sache mit Professor Braun. Sie ist jetzt ebenso fest überzeugt, ihn bei Braun zu finden, wie sie geglaubt hat, er würde zu ihr gekommen sein.
Sie läutet bei Professor Braun an. Ein altes Fräulein öffnet.
Ob Professor Braun zu sprechen wäre, fragt Lea Gyldendal.
Nein, aber mit wem sie die Ehre hätte, fragt das Fräulein.
»Mein Name ist Lea Gyldendal.«
Ja, dann sei sie eingeladen, einzutreten, der Professor würde bald kommen. Sie gehen in ein einfaches Zimmer, an dessen Wänden aber ein paar große Ölgemälde hängen.
»Eine Patientin hat das selbst gemalt und meinem Bruder geschenkt«, sagt das alte Fräulein voll Stolz.
Der Herr Professor ist also der Bruder dieser Dame? denkt Lea Gyldendal. Und ich habe sie für ein Dienstmädchen gehalten.

»Kennen Sie alle Patienten, gnädige Frau?« fragt sie lächelnd.

»Ja«, sagt Fräulein Braun, »mein Bruder macht sich ja bei seinen Privatpatienten immer Notizen, und am Abend diktiert er sie mir; wir sitzen dann lange Stunden beisammen. Übrigens sagen Sie zu mir, bitte, nicht ›gnädige Frau‹ – einfach Fräulein, Fräulein Braun. Ich kenne übrigens auch Ihren Herrn Sohn«, fährt sie fort. »Ludwig und Gustav haben oft von ihm gesprochen.«

»Ja?« sagt Frau Gyldendal.

»Gustav hält sehr viel von ihm; er ist zwar ein bißchen grob, der Gustl Braun – aber sehen Sie, Frau von Gyldendal, ich will mich ja nicht beklagen – und doch möchte ich sagen, der Gustav ist mir der Liebere von den beiden. Er ist nicht so sekkant; er schimpft wohl einmal, aber dann ist's wieder gut. Aber der Louis, der diktiert einem zwei Stunden irgendeine Arbeit in die Feder, und dann hab' ich einen halben Tag zu tun, bevor ich sie ins reine schreibe . . .« Sie lächelt fein. »Alle seine Abhandlungen hab' eigentlich ich geschrieben, und da darf kein Fehler drin sein. Der Gustl diktiert mir auch; aber dann erklärt er mir das alles, es ist doch sehr amüsant, wenn es auch unsereins nicht immer versteht.«

»Das kostet Sie wohl viel Zeit, Fräulein?«

»*Viel* Zeit? Keinen Augenblick habe ich für mich. Den Patienten die Rechnung ausschreiben, die ganze Korrespondenz, alle die geschäftlichen Angelegenheiten mit den Büchern – sehen Sie, das hat mir mein Bruder übergeben. Ein einziges Mal hat es Gustav mit einem Sekretär probiert; das ist schon lange her . . . Übrigens sollte Ludwig schon da sein. Er kommt immer um acht; nur wenn er ein Konsilium hat, oder die Gesellschaft der Ärzte – Sie wissen, seit drei Jahren ist er Vizepräsident – dann kommt er immer später.«

»Ich kann ja warten; ich wollte nur noch Auskunft über meinen Sohn haben.«

»Ja, ich weiß, er hat mir gestern abend etwas über ihn diktiert. Ich hab' ein gutes Gedächtnis, ich merk' es mir. – Aber der Sekretär – damals war ich ein bisserl bleichsüchtig, wie alle jungen Mädchen sind . . . Das sieht man mir heut nicht mehr an, daß ich auch einmal ein junges Wiener Mädel war? Und lustig . . . Gott, wie lustig . . .! Aber das legt sich mit der Zeit.

Der Sekretär war ein lieber junger Mensch, und manchmal hab' ich ihm bei seiner Arbeit, beim Abschreiben geholfen, obwohl mir der Bruder Ruhe verordnet hat – da haben wir uns halt kennengelernt. Gott, damals war ich jung und dumm – heut bin ich eben alt und dumm. Hab' ich nicht recht?

Der Louis und der Gustav waren zu der Zeit schon Dozenten, und Louis hat auch Privatpraxis gehabt. Eines Abends sind wir beide ausgegangen, der Franzl und ich . . . auf den Kahlenberg. Denken Sie nicht, daß wir zum Heurigen marschiert sind . . . Heut gehen die Hofratstöchter auch dorthin und noch ein Stückchen weiter. Aber zu unsrer Zeit hat's so was nicht gegeben . . . Das war schön! Zum Schluß sind wir hinunter ins Kahlenbergdörfel und mit einem Schinakel zurück nach Wien. Also – sehen Sie, die Brüder haben nichts gesagt. Was hätten's denn auch sagen sollen? Der Gustav hat den Sekretär entlassen, weil er ihm zu schlampert war (war er), und ich hab' wieder für ihn gearbeitet. Der Franzl, der Sekretär, hat eine andre, bessere Stelle gefunden, er hat davon leben können und hat mir geschrieben, daß auch zwei auskommen könnten . . . Wollen Sie eine Tasse Tee, gnädige Frau?«

»Nein, danke, erzählen Sie nur weiter!«

»Weiter ist nichts zu erzählen. Aber auch gar nichts. Ich

hab' ihm nicht geantwortet. Die zwei Brüder haben mich gebraucht, ich hab' was für sie tun können, und wenn auch nur ihre Abhandlungen abschreiben und ihre Rechnungen wegschicken und einkassieren. Mir ist es gut gegangen; ich war immer die Hofratstochter und dann die Hofratsschwester, und der Gustav, der ist ja schon lang Präsident der Akademie der Wissenschaften und kommt sicher ins Herrenhaus. Dort werd' ich den alten Idioten meinen Senf dazugeben, sagt er immer. Die Leute haben jetzt schon Angst vor ihm. Sehen Sie, ich habe keine Angst vor ihm; wir streiten uns, wir kampeln uns, wie man in Wien sagt, und ich werf' ihm allerhand Liebenswürdigkeiten ins Gesicht. Alte und neue Geschichten; aber ›keine Geschichten aus dem Wiener Wald‹. Und warum nicht? Warum soll nicht auch ich einmal 's Goscherl aufreißen? Meine Brüder haben mehr von mir gehabt, als ich von ihnen. Glauben Sie mir! Sie sind was geworden, und ich hab' nicht einmal meinen Franzl gekriegt. – Aber dann, nach so einer gründlichen Kampelei, da nehmen wir uns einen Gummiradler und fahren alle drei auf den Kahlenberg. Die Schinakel vom Kahlenbergdörfel gibt's nicht mehr, aber dafür sind wir jetzt in dem Alter, wo auch die Hofratstöchter – Gott sei Lob und Dank! – zum Heurigen gehen dürfen. –
Wollen Sie wirklich nicht länger warten, gnädige Frau? Jetzt hab' ich Ihnen lauter Dummheiten erzählt, und Sie haben sich fest gelangweilt. Was? Hand aufs Herz!«
»Nein, Fräulein Braun, ich bin Ihnen sehr dankbar . . .«
»Guten Abend, gnädige Frau, soll Ihnen der Louis heute noch telephonieren? Ich richt's ihm aus.«
»Nein, es ist nicht notwendig; ich kann ihn ja morgen treffen. Kommen Sie einmal zu mir, Fräulein Braun, wenn Sie Zeit haben. Adieu!«
Der Wagen stand unten. Der Kutscher hatte seinen Zylin-

derhut mit der gelben Lederkokarde in der Hand und schäkerte mit einem Dienstmädchen, das einen Krug Bier trug. Frau Lea Gyldendal stieg ein.
Der Kutscher zog den Pferden die rotbraune, großkarierte Decke vom Rücken.
Es schien Frau Lea Gyldendal endlos zu dauern. Nur fahren, nur fort, fort, fort!
Aber der Wagen stand noch immer.
Ein Schusterjunge ging vorbei und pfiff: Margarete, Mädchen ohnegleichen, Margarete, laß dich doch erweichen! Margarete . . . Endlich kam der Wagen in Gang. Frau Gyldendal weinte; es waren wenige Tränen, mühsam hervorgewürgt.
Weshalb weine ich? fragte sie sich. Weil die alte Jungfer dort oben mich trösten wollte mit ihren dummen Geschichten? Oder weil der Johann so endlos lang braucht, bevor er mit etwas fertig wird, und sei es nur, den Pferden die Decke abzunehmen? Wenn der Wagen einmal im Fahren ist, dann geht es schon schneller. In fünfzehn Minuten sind wir in Döbling.
Sie sah auf die Uhr.
Ich habe also fünfzehn Minuten Zeit; da muß ich mich entscheiden. Nur fünfzehn Minuten. Christian wird erschrecken. Man muß einen Ausweg finden. Entweder läßt sich Erik operieren, oder er stirbt. Eigentlich hat Zeitlinger wenig Hoffnung gegeben. Sie können nichts; sie haben schreckliche Angst, die Ärzte, man könnte von ihnen verlangen, daß sie eine Krankheit kurieren sollen wie die von Eriks Hand. Da versprechen sie lieber gar nichts. – Was soll ich da Christian sagen?
Was *kann* ich ihm sagen, bevor ich mit meinem Sohn gesprochen habe? Denn er ist *mein* Sohn, seine Krankheit ist meine Krankheit, deshalb hat Braun mich rufen lassen und

nicht Christian . . . Weshalb weine ich wieder? Es sind noch fünf Minuten.

Sie rief dem Kutscher zu: »Fahren Sie in die Gentzgasse Nr. 16.«

Ich werde aussteigen und mir die Sache noch überlegen. Da dauert es noch zehn Minuten länger. Christian wird nicht meine rotgeweinten Augen sehen.

Ich habe Mitleid mit allen, mit Erik und seiner Mätresse, mit Christian, aber wer hat Mitleid mit mir? Wer, wer, wer in aller Welt?

Ich wollte, ich wäre zu Hause.

»Sie, Johann, fahren Sie doch direkt nach Hause.«

Warten, ewig warten. – Erst in den Arkaden auf Braun und dann bei Erik und jetzt wieder bei dem alten Fräulein. Sie hat's gut gemeint. Weil sie mir keinen Kaffee vorgesetzt hat, hat sie mir ihre alten Liebesgeschichten vorgesetzt.

Was nützt es mir, daß ein andrer auch unglücklich ist, daß auch ihm das Leben Unrecht tut? Wer unglücklich ist, der ist allein. Ich und Erik, beide sind wir unglücklich. Jetzt werden wir uns verstehen.

Ich will Christian erst dann die Sache klarmachen, wenn ich mit meinem Kind gesprochen habe.

Sie bohrte ihre Fingernägel in die Handfläche. Dieser körperliche Schmerz betäubte den seelischen.

Es ist mir wie in dem roten Plüschsessel beim Zahnarzt. Da bohr' ich mir auch die Nägel in die Hand. Deshalb lobt man mich. Was man doch für Künste kennen muß!

Die alte Dame ging lächelnd die Treppe hinauf. Christian Gyldendal war im Garten.

Sie kam zu ihm herab und setzte sich in einen tiefen Gartensessel. Ein kleines Windlicht in einem grünen Blechschirm schimmerte sanft. – Die Rosenstöcke auf der weiten Wiese blühten immer noch.

»Hast du schon die Marschall-Niel-Rosen bewundert?« fragte der Bankier, der auf seinen Garten sehr stolz war. »Wo warst du heute abend? Lola Fränkel hat mir erzählt, daß dich jemand telephonisch angerufen hat.«
»Ja«, sagt sie, »Fräulein Braun, die Schwester des Hofrats. Wir sind unlängst bekannt geworden.«
Das Souper wurde auf dem kleinen Gartentisch aufgetragen. Lea Gyldendal zwang sich zum Essen.
Ich muß fort, so bald als möglich muß ich zu Erik. Ich kann doch nicht sagen, du, dein Sohn ist krank auf den Tod. Sein Sohn? Mein ist er, mir gehört er, mir allein, alle meine Hoffnungen und Wünsche war er. Niobe kann eine auch dann sein, wenn sie nur ein Kind hat, ein einziges. Ich hab' nichts außer ihm. Ist das wirklich schlecht? Das kann doch nicht schlecht sein, daß ich an keinen andern dachte, keinem andern gut war, für keinen einen Finger rührte als für ihn. Weshalb muß gerade ich so unglücklich durch ihn werden? Mit der Familie haben sich viele Söhne zerschlagen, später versöhnt man sich wieder. Ich weiß, den Ehrenfelds ist der älteste Sohn eine Woche vor der Promotion plötzlich gestorben. Aber beides? Alles mögliche Unglück mir allein?
Von einer Nachbarvilla kam Klavierspiel; Mozart, Sonate C-Dur.
»Mozart muß sehr subtil gespielt werden«, sagte Christian Gyldendal. »Aber es spielen ihn nur Anfänger.«
»Man lernt daran«, meinte Lea Gyldendal gleichgültig. »Die Finger lernen daran.« Was geht das mich an? Was soll ich sagen? Unter welchem Vorwand soll ich weggehen? Er wartet auf mich, das fürchte ich, Erik wartet auf mich, wie ich auf ihn.
»Von Fränkels habe ich gehört, daß Egon Sänger doch die Helene Blütner heiratet. Sie haben sich verlobt«, sagte Christian.

»Das ist schön von ihm«, sagte Lea, »daß er so wenig Vorurteile hat; ich hätte es nicht von ihm erwartet.«
»Ach Gott, er hat sie lieb«, sagte Christian leise. »Was tut man da nicht alles!«
Eine Pause. Der Diener räumt ab. Das Klavierspiel verstummt.
»Übrigens macht Sänger Karriere. Er hat im Ludwigspital Versuche mit Röntgenstrahlen und mit Radiumsalz angestellt und soll ausgezeichnete Heilungsresultate erzielt haben bei allen möglichen Krankheiten; es ist wirklich hervorragend!«
»Ja, der Egon Sänger ist eben der Mann der Überraschungen; alles hält ihn für einen kleinen, beschränkten Kerl, und auf einmal stellt es sich heraus, daß er alle die andern in den Sack steckt«, sagte Lea Gyldendal.
». . . Ist dir nicht kalt, Christian? Ich denke, es regnet noch heute abend. Entschuldige mich nur einen Augenblick, ich hole mir einen Schal.«
Und sie stand auf, sah ihren Gatten noch einmal an. Er saß da mit seinen weißen Haaren, seinem dunklen Smoking, eine Blume im Knopfloch.
Nein, dachte sie, zwischen einem Glücklichen und einem Unglücklichen ist eine Kluft, über die keiner hinweg kann. Ich kann ihm nichts sagen. Nur leise, daß er nichts merkt.
Ganz sachte öffnete sie das Gartentor und ging den Weg zu der Wohnung ihres Sohnes.

33

Doktor Erik Gyldendal mußte dreimal an seinem Hause läuten, bevor ihm der alte Hausmeister, in Filzpantoffeln und einem vorn durch lange Quasten schlecht geschlossenen Schlafrock, öffnete.

»War jemand hier?« fragte Erik.

»I was nix davon«, brummte der Hausmeister, während er seine Hand zum Empfang des Sperrgeldes ausstreckte.

Wozu denn? dachte Erik. Weshalb sollte meine Mutter heute kommen? Braun hat mir zwar gesagt, daß er meine Familie vor der Operation benachrichtigen will, aber er weiß nicht, daß sie schon morgen sein soll.

In dem Augenblick erst war ihm der Entschluß gekommen, sich schon am nächsten Tag zur Operation bei Braun einzufinden. Er hätte die Hoffnung auf Genesung geopfert, wenn ihm Edith die paar Monate geschenkt hätte, um die er sie angebettelt hatte.

Was war ihm jetzt Edith? Sie war ihm so lange alles gewesen, als noch der unendliche, wundervolle Strom des Lebens durch den leeren Raum seiner Seele geflossen war, in unbändiger Stärke; da hatten die Strahlen tausendfach geleuchtet, gezischt und waren durch die Tiefen der andern gegangen. Jetzt war das Leben nicht mehr in ihm, sondern über ihm, weit, weit . . . die Gesundheit, die Kraft seines Körpers, die Möglichkeiten seiner Zukunft zogen über ihm hin wie die gigantischen Wolken in der Luft, gleich Schiffen mit ungeheuren Segeln. Er war müde.

Eine dicke Fliege schwirrte an der Decke umher und stieß mit dem plumpen Kopf an die Fensterscheiben.

Er packte den Karton des Apothekers aus; es waren zehn Veronalpulver und eine fünfprozentige Morphiumlösung. Das Veronal bestand aus lauter winzigen, blitzenden Kristallen; wie bitter sie waren; ekelhaft bitter. Erik erinnerte sich des Champagners im Westbahnrestaurant. Ich werde ohne Schlafmittel schlafen. Aber er schlief nicht.

Die Fliege surrte unermüdlich. Er ging ans Fenster. Ein

Liebespaar ging vorbei. Der junge Mann rauchte eine Virginia, das Mädel ließ sich von ihm schleppen; sie kamen vom Heurigen.

Erik legte sich zu Bett. Er überlegt: Die Lösung enthält fünf Prozent Morphium, id est in hundert Kubikzentimetern sind fünf Gramm. In einem Kubikzentimeter sind fünf Zentigramm. Das gibt einen guten Schlaf. Es ist ja nur ein einziges Mal. Das erste Mal. Ich habe mich immer vor Morphium gefürchtet. Ein Physiker darf keine so starken Schlafmittel nehmen, er darf nicht träumen, und ich habe ja auch nicht geträumt. Aber von heute an bin ich nicht mehr Physiker, ich bin nichts als eine gequälte Kreatur, so wie Dina Ossonskaja die drei weißen Meerschweinchen nannte, die an den Röntgenstrahlen zugrunde gingen. Wieso eigentlich?

Er streifte den Ärmel hinauf und stach die Kanüle unter die Haut. Es tat weh, und er zuckte.

Es gibt doch Leute, welche eine Injektion ganz schmerzlos machen können, dachte er. Das muß ich von der Rotekreuzschwester verlangen, daß sie es kann. Man kann alles für Geld und gute Worte haben. Selbst Schlaf. Ich, Doktor Erik Gyldendal, kaufe mir heute eine schöne, traumlose Schlafesnacht für fünf Zentigramm Morphium; eine wunderbare, vollkommene Nacht . . .

Ich muß an irgend etwas Halbvergessenes denken, da schlafe ich am leichtesten ein.

Als ich noch ein Bub war, habe ich in Mondsee mit einem kleinen Mädel gespielt; sie hieß Alice. Und wir sind viel im Sand herumgelaufen. Lange, lange Wochen immer im Sand. – Das Ufer ist ja flach.

Und ich hatte Sand im Schuh. Da habe ich das Mädel gebeten, sie soll mir den Sand aus dem Schuh nehmen; sie hat mir den Schuh ausgezogen und meinen Fuß in ihrer

Hand gehalten. Wie alt war sie damals? Dreizehn Jahre vielleicht – und ich elf. Wie schrecklich sie mich gekitzelt hat! Und dann haben wir beide gelacht. Warum eigentlich? So lange gelacht, bis wir uns geküßt haben. Das habe ich eigentlich vergessen, und jetzt weiß ich es wieder. Mein erster Kuß.

Die Fliege summt immer noch.

Und der letzte Kuß, den hat mir Helene gegeben oder nur geben wollen – eigentlich sollte ich jetzt schon schlafen und spät morgens erst erwachen und gleich zu Braun gehen – sie ist mir böse, Helene. Gerade in dem Augenblick, in dem ich sie brauche, hat sie gefunden, daß sie mich haßt.

»Was uns zusammenhält, das ist keine Liebe. Nein; das war es schon in der letzten Zeit nicht mehr. Ich bin dir bös. Ich hasse dich, so wie ein schwacher Mensch hassen kann. Dieser Haß gegen dich ist stärker als die Liebe zu dem andern . . .« Das alles sagte die Stimme sonderbar tief. Und plötzlich erkannte Erik, daß in diesen Worten nicht Haß lag, sondern nur Liebe, unendlich viel keuscher, verschlossener, glühender, als in den ersten seligen Tagen ihrer Neigung. Er erkannte das ganz klar, ganz nüchtern.

Aber weshalb hatte er das nicht gleich verstanden? Mußte Dina Ossonskaja recht behalten, die sagte, er verstehe keinen anderen Menschen, er sei ganz ohne Mitfreude, ohne Mitleid, ohne Mitgefühl, leer, leer, eine ungeheuerliche, vollkommene Leere unter einem gläsernen Mantel?

Und mußte er jetzt, in dieser teuer erkauften Schlafensstunde von diesem zudringlichen, nüchternen Gedanken gequält werden? Mußte er, *mußte*?

Mit bitterem, gleichzeitig aber hilflosem Lächeln, so wie einer, der zu einem Wucherer geht, um eine Sache von dreitausend Gulden Wert für fünf Gulden herzugeben, weil er diese fünf Gulden unbedingt braucht, weil er etwas Bares in der Hand haben muß, um jeden Preis, mit diesem bitteren Lächeln griff er zur Morphiumspritze, suchte die Einstichöffnung von der ersten Injektion auf und spritzte sich abermals einen Kubikzentimeter ein.

Er hörte die Fliege sausen, endlos, in ungeheurem, immer neuverschlungenem Bogen, surrte sie durch das Zimmer. Erik erwartete hungernd, zitternd, gepackt und geschüttelt von Ungeduld und Wut den Augenblick, in dem er dieses Surren nicht mehr hören würde, wo alles verstummen würde vor der Majestät des Schlafes . . . aufgelöst, weltentrückt durch Schlaf . . .

Da sah er sich und Dina Ossonskaja in dem kleinen Hörsaal, der auf den Maximilianplatz hinausging. Sie waren allein, das Zimmer war verdunkelt. Er suchte seine Kontakte zusammen, verband die Leitung mit der Röntgenröhre, schaltete einen Widerstand ein und stellte den Stift des Unterbrechers fest.

»Sehen Sie, Fräulein Ossonskaja, der Strom wird durch den Unterbrecher in zahllose Einzelentladungen geteilt, er arbeitet also wie eine große Elektrisiermaschine, er gibt soundso viel Funken in der Sekunde. Bei der Anode tritt der Strom ein, bei der Kathode aus.«

»Ich weiß«, sagte Dina Ossonskaja.

»Von der Kathode gehen nun Strahlen aus; die sieht man nicht; wenn sie aber auf ein Hindernis aufprallen, dann blitzen sie auf. Was nennt man Gyldendals Phänomen? Dieses Hindernis heißt Antikathode; es besteht aus einem Platinspiegel und ist das Grundexperiment. Das Grundexperiment von Professor Doktor Röntgen in Würzburg, demonstriert von Doktor Erik Gyldendal, Professor in Wien. Sie werden sogleich die Strahlen sehen. Bitte, kommen Sie nicht zu nahe!«

»Was geht das mich an?« schreit Dina Ossonskaja. »Ich kann doch nicht unglücklicher werden, als ich bin.«
»Aber«, sagt er, »davon sprechen wir später. Jetzt muß ich meine Experimente machen.«
Er steckt den Kontakt zusammen. Aber es bleibt still ... nichts rührt sich ...
Er untersucht die Leitung, den Rheostat, den Unterbrecher, alles ist in Ordnung.
Dina hilft ihm dabei. Ihre Hände helfen ihm, aber ihr Mund lächelt höhnisch.
»Reize mich nicht!« sagt er, »du weißt nicht ...«
»Drohe nur!« sagt sie mit verzweifelter Ironie.
Er sieht nochmals alles nach. Die Zeiger an den Meßapparaten spielen, sie schwingen aufgeregt hin und her. Aber die Röhre des Herrn Röntgen geht nicht. Es kommt kein Licht. Alle Welt wartet auf das Licht, ist erstaunt, daß ihm, Erik Gyldendal, ein solches Malheur widerfahren kann, und lacht. Alle Welt lacht.
»Es muß Luft in die Röhre gekommen sein«, sagt er leise.
»Sieh doch nach!« meint Dina mit verstelltem Ernst. Sie amüsiert sich königlich.
Er prüft alles mit der ganzen Kraft seines Geistes, mit aller Spitzfindigkeit sucht er den Versuchsfehler. Aber es gelingt nicht. Das Zimmer bleibt finster. Die Leute im Zimmer lachen belustigt. Einer quiekt. Darauf allgemeines Gelächter. Man zieht die Vorhänge auseinander. Es wird hell im Saal. Da sieht man Dina Ossonskaja mit einem schönen, dunkelbärtigen, höchst eleganten Herrn; die beiden sind sehr verliebt; da hört Erik seine Röntgenröhre surren; er läuft zu seinem Apparat. Er läßt die Vorhänge herunter, er will jetzt den Leuten das Phänomen zeigen, *sein* Phänomen, großartig über alles Bekannte hinaus.
Da erwacht er. Es surrt immer noch.

Eine große dicke Fliege surrt und stößt den Kopf an die Scheiben.
Eine Uhr schlägt. Es ist halb elf, er hat eine halbe Stunde Schlaf für die maximale, für die höchste Dosis Morphium gekauft. Es ist nicht genug. Mit plumpen, ungeschickten Händen greift er nach der Spritze und stößt sie zum drittenmal unter die Haut. Ein paar Tropfen dunkelroten Blutes sickern heraus.
Ich habe nichts gespürt, denkt er. Ist das schon eine Wirkung? Schlafen will ich, schlafen, schlafen, schlafen . . . Was ist das für Blut? Die Kanüle liegt in einem Blutgefäß. Das ist gefährlich. Was liegt daran? Man muß Courage haben . . . und langsam drückt er den Stempel der Morphiumspritze an sich.

34

Herr Christian Gyldendal stand auf, strich einige Brosamen von dem tadellosen Smoking, löschte das Licht aus und ging zu der Gartentür.
Erst ging er langsam, dann immer schneller. Er hatte Angst, daß er seine Frau nicht mehr sehen könnte, denn es war doch schon sehr dunkel geworden, aber er sah sie gerade noch in die nächste Seitengasse einbiegen; er sah sie, den Kopf gebeugt und starr, die Schritte lang, ohne Grazie, ohne die Ruhe, die ihr sonst eigen war; sie ging zu ihrem Sohne, nein, seine Spur verfolgte sie, getrieben von Verzweiflung, von der Furcht, zu spät zu kommen. Ihr Gatte wußte das alles; er wußte, wie unglücklich Lea Gyldendal durch Erik geworden war, er wußte auch, daß wieder etwas Unbarmherziges, Schreckliches von neuem in ihr Leben gegriffen hatte.

Immer, bei jedem Wort, bei jeder gleichgültigen Bemerkung hatte er vorhin darauf gewartet, daß sie ihm von dieser neuen Katastrophe etwas sagen würde. Aber es geschah nichts. Sie sprachen davon, daß man bei Mozartsonaten die Finger gut eindrillen kann.

Er durfte nie von seinem Sohn reden, so wie er in den ersten Monaten ihrer Ehe nie von der Oper, nie von Musik überhaupt sprechen durfte. Das war Leas Eigentum, ihr heiligstes, innerstes, unantastbares; ihre Kunst, die sie aufgegeben hatte . . . und ihr Sohn.

Es blieb noch genug für die Ehe. Die gute Hausfrau, die untadelige Dame der Gesellschaft, die kluge, vornehme Gefährtin. Und dann so viele Hoffnungen. Immer die Hoffnung, auch die wirkliche große Liebe würde wieder zurückkehren, frei, unaufgefordert.

Die Hoffnung, seine Gattin würde nicht so viel, so unendlich viel von ihm, Christian Gyldendal, annehmen, ohne zu geben; ohne den leisesten Versuch, zu geben.

Aber was er von ihr, der Gattin, erwartete, das erwartete sie, die Mutter, von ihrem Kinde.

Die unerfüllten Hoffnungen ketteten diese drei Menschen mit Galeerenketten aneinander, und so zogen sie einer den andern dahin.

Jetzt wußte Christian Gyldendal, daß der Weg von der Haizingergasse zur Osterleitengasse ein Weg der Entscheidung war; daß etwas Neues, Schreckliches in dem Dasein des Sohnes war; daß sich jetzt die Ketten anspannen mußten, die vom Sohne zur Mutter und von der Mutter zu ihm gingen, dem Gatten.

Die Straßen waren still. Unter dunklen Bäumen saßen Liebespärchen.

Hart an der Mauer, mit den langen, gehetzten Schritten eines wilden Tieres, ging Lea Gyldendal zu ihrem Sohn.

Christian folgte ihr, ungesehen, von der immer gleichen keuschen Vornehmheit erfüllt, derselben Güte, mit der er Lea verdorben hatte; er wollte sie jetzt nicht in ihren Gedanken stören, wollte sich nicht zwischen Mutter und Kind stellen in der Stunde der Entscheidung. Aber er fühlte sein Herz klopfen, als er in die Gegend kam, in der Erik wohnte.
Zwei späte Spaziergänger, die ein wenig taumelnd ihren Heimweg vom Wirtshaus antraten, sahen ihn, den eleganten, weißhaarigen Herrn, einer Dame nachgehen, die offenbar Eile hatte, nach Hause zu kommen.
»Schaut's den alten Steiger an!« sagte der kleinere von den beiden.
Da erwachte in Christian Gyldendal die Wut. Diese frechen, unverschämten Menschen zu stellen, ihnen alles Böse, Wilde und Gemeine ins Gesicht zu werfen, sein Unglück an dem besoffenen Lumpen auszulassen, der ihn einen Steiger, einen Schürzenjäger nannte!
Ihn schlagen mit der wilden Faust, mitten ins Gesicht, auf den Mund, der nach Wein roch.
Aber Lea Gyldendal ging schnell weiter, und Christian mußte folgen. Auch die beiden Nachtgesellen kamen ein Stück nach. »Gengans, bleiben's doch da!« rief der ältere. Beide lachten.
Weiter, immer weiter . . . Lea Gyldendal stand vor der Tür ihres Sohnes.
Sie läutete und lehnte sich in den Winkel zwischen Tor und Mauer, erschöpft, müde auf den Tod.
Sie gab dem Hausmeister einen Gulden und sprach ein paar Worte mit ihm.
Christian Gyldendal lief schnell bis zum Haustor, um noch in das Haus zu kommen, bevor es geschlossen wurde.
Die zwei lustigen Gesellen auf der Straße waren nun über-

zeugt, daß er ein Schürzenjäger war, der einer Frau nachstieg und ihr bis aufs Zimmer folgen wollte. Sie kamen ihm nach und wollten ihn gutmütig-roh zurückhalten; rieten ihm, lieber doch ein Viertel fein gespritzt zu trinken, als dem Weibsstück da nachzulaufen.
Aber Christian stieß sie zurück, öffnete das Haustor, der Hausmeister leuchtete seiner Gattin eben die Treppe hinauf. – Unten wartete er zitternd, bis in die Tiefen seines Wesens aufgewühlt.

35

Erik träumte. Er lag ruhig da, die rechte Hand in dem großen Verband, der von der Injektion mit einigen Blutstropfen befleckt war, die linke Hand schützend darüber gelegt. Der Kopf fiel auf der Seite schlaff herab, wie bei einem müden, kleinen Jungen, der während einer langen Eisenbahnfahrt eingeschlafen ist.
Erik träumte. Die kleine Slowakin mit ihren langen schwarzen Zöpfen war bei ihm; in einem Sanatorium, nach der Operation. Eine schöne rote Lampe leuchtete ruhig, ohne Flackern: Alles Böse war vorüber, und er hatte keine Schmerzen. Nur fürchtete er, daß er das Atmen vergessen könnte; eine Minute würde er vergessen zu atmen – man könnte ja an anderes denken, an Wolken, an Funken, an ein Dahingleiten über alles irdisch Bewegte – bloß an den Fingerspitzen gehalten. Jetzt war es aber kein Flug, sondern ein Zimmer; ein Dienstbotenzimmer, und nicht Bronislawa Novacek lag in dem Dienstbotenbett, sondern er selbst, und dann war er auch viel, viel jünger.
Unter seinem Kopfpolster lagen zwei Orangen, und er wußte von jemandem, der damit hausieren ging und sie ihm

mitbrachte von weiten Wegen; von weiten Wegen draußen in der Welt.
Das Licht war immer noch zu stark, zu grell. Da breitete er die Hände vor das Gesicht und dachte: Irgendwo habe ich das schon gesehen. Und er wollte einschlafen und sich nicht mehr die Mühe geben, unaufhörlich zu atmen und die Stille zu stören.
Da kam sie herein, im Hemd, mit bloßen Knien, die dunkle Flecken trugen, und trat zu ihm, weckte ihn, so daß er wieder atmete; atmete, mühsam atmete wie jeder andere Mensch . . . Er hatte noch Strümpfe und Schuhe an.
Und die Slowakin zog ihm die Schuhe aus und streifte die Strümpfe herunter; einen nach dem andern. Sie hatte rauhe Hände, und doch war die Berührung angenehm und still. Gutes, braves Morphium, dachte er und streichelte es, streichelte etwas Warmes, Weiches, Beruhigendes . . .
Da läutete es; schrill, bös. Die Mutter läutete. Frau Gyldendal läutete dem Stubenmädchen Bronislawa Novacek – und das Mädchen legte die Finger an den Mund, als wollte sie sagen: Verraten Sie mich nicht, gnädiger Herr!
Nein, er verriet sie nicht. Er schlief ein und dachte: Wie kann ein Mensch schlafen, wenn er immer, immer wieder atmen muß?
Da weckte ihn ein wilder, markerschütternder Schrei. Er wachte auf. Aus einer unergründlichen Tiefe stieg sein schon versunkenes Bewußtsein staunend an die Oberfläche. Stieg durch tausendfach verschiedene, unerhört schnell wechselnde Bilder und Gedanken, stieg empor zum Bewußtsein, blieb oben einen Augenblick stehen und schlug die Augen auf. Da sah er seine Mutter, von Schluchzen geschüttelt, aber ganz, ganz stumm, ohne einen Laut. Christian, der Vater, steht neben ihr, im schwarzen Smoking, eine weiße Blume im Knopfloch; und Christian beugt sich

auf ihren Kopf hinab, sein Mund sucht ungeschickt ihre Lippen. In einem endlosen Kuß drückt er seine Gattin an sich. Staunend möchte Erik die Augenbrauen hochziehen.
Vater und Mutter küssen sich?
Mutter und Vater küssen sich?
Aber die Augen fallen ihm langsam zu, fallen ihm langsam zu.

Nachwort

1

Der Schriftsteller Ernst Weiß ist mit einem bemerkenswert reifen Buch in die deutsche Literatur eingetreten und hat schon bei seinem erzählerischen Debut mit dem Roman »Die Galeere« das Interesse der Zeitgenossen geweckt. »Es ist kein halbes Versprechen, kein Erstling im gewöhnlichen Sinn, sondern eine Erfüllung, wie sie selten gelang!« stellte Albert Ehrenstein in Herwarth Waldens tonangebender Literaturzeitschrift »Der Sturm« fest, und der Lyriker und Rowohlt-Lektor Paul Mayer beschrieb Jahre später sein prägendes Leseerlebnis von 1913 in bewegten Worten: »Die Lektüre begann ich am frühen Nachmittag und beendete sie spät in der Nacht. Die Welt um mich vergessend, ließ ich mich verschlingen vom Ozean der Gefühle, auf dem diese Galeere glitt und versank. Gleich den Jünglingen des 18. Jahrhunderts, die zu lieben wünschten wie Werther, sehnte ich mich zu lieben wie der Forscher-Arzt dieses Buches und zu sterben wie er im Dienste der Wissenschaft und zum Segen der Menschheit.«

Zu den ersten Rezensenten des Buches gehörten der Expressionist Rudolf Leonhard (der das Buch als einen »ausgezeichneten Roman« wertete) sowie der einflußreiche Kritiker Kurt Pinthus, und Berthold Viertel widmete der »Galeere« in der »Neuen Rundschau« eine ausführliche Analyse, in der es heißt: »Mit klinischer Genauigkeit und dichterischer Intensität hat Ernst Weiß in seinem Erstlingswerk, dem Roman ›Die Galeere‹, ein Ich in Frage gestellt. Das Buch ist für die große Zeitfrage, die Zuspitzung des Ichs, für die Ich-Krankheit (die Neurose) begabter Menschen von heute überaus symptomatisch. Das Buch hat eine böse Härte, wie sie solchen Büchern nottut, es ist kalt und durchdringend und voll unterdrückter Gefühlsweiche.« Viertel beschäftigt sich vor allem mit diesem »fragwürdigen Ich«, dem »Helden« Erik Gyldendal, einem ehrgeizigen und genialen Pionier der Röntgenstrahlenforschung; er sieht in ihm den »bemerkenswerten Typus« des naturwissenschaftlichen Spezialisten: »Äußerste Bemeisterung des Intellekts und äußerste Hemmungslosigkeit des Instinkts, der barbarisch blieb. Ein Amoralist, ohne daß er es auch nur wüßte, jenseits von Gut und Böse; richtiger: überhaupt noch vor Gut und Böse, wie ein Kind. Der Mensch einseitig höchst entwickelt, aber auf allen andern Seiten Kind geblieben, naiv und roh, ahnungslos in seiner Roheit. Sie wuchert dicht neben zartester Sensibilität. Der luzide Gelehrte ist seelenblind.«

Erik Gyldendal erscheint in der Tat als ein früher Vertreter jenes modernen Spezialistentums, das mit der Entwicklung der Naturwissenschaften überhandzunehmen droht und angesichts des wissenschaftlichen Fortschritts, der technischen »Machbarkeit« von allem und jedem – selbst noch im Zeitalter der Atombombe – die ethischen Fragen beiseite schiebt. Wie Weiß den Lebenszwiespalt, die miteinander korrespondierende innere und äußere Krankheitsgeschichte dieses begabten Physikers vorführt und dabei freilegt, daß es die nämlichen Kräfte sind, die Erik Gyldendals Forschungsarbeit befördern und gleichzeitig seine Liebesbeziehungen und menschlichen Kontakte überhaupt zerstören – das wirkt ungemein aktuell und lohnt allein schon die Lektüre dieses Romans, den Franz Kafka »heiß und schön« genannt hat. An anderer Stelle bekannte Kafka, der kurz nach Erscheinen der »Galeere« mit Weiß bekannt wurde und ihm in spannungsvoller Freundschaft verbunden blieb, daß er das Buch »lieb habe«, äußerte aber auch Vorbehalte gegenüber dem Aufbau, den Konstruktionen des Romans, durch welche man »den Kopf einmal durchgesteckt haben« müsse: ». . . dann aber sieht man das Lebendige wirklich bis zum Geblendetwerden.«

II

Mit Nachdruck hat sich Ernst Weiß gegen den »Verdacht« Stefan Zweigs zur Wehr gesetzt, die »Galeere« sei eine verkappte Autobiographie. In einem Brief vom 7. Oktober 1913 schrieb er an Zweig: »Die Porträts der Seele sah ich vor mir. Ich bitte Sie, zu glauben, daß kein einziges der Wirklichkeit nachgezeichnet ist. Es hat eine Medizinerin, eine Violinistin gegeben, aber sie sind in keiner Weise mit Helene und Edith identisch. Die Adressen stimmen. Kaum mehr als das. Ich habe das übersehen, es erschien mir nebensächlich.« Was insbesondere auch die Hauptfigur angeht, so war Weiß zweifellos im Recht, wenn er unmittelbare autobiographische Züge leugnete – der Autor selbst war alles andere als von »hünenhafter Gestalt« wie sein Erik Gyldendal –, aber der *Gefühlshaushalt* seines »Helden« dürfte ihm nicht fremd gewesen sein. Auch mögen manche Erfahrungen während seiner Zeit als Assistenzarzt in verwandelter Form in den Roman eingegangen sein; auffallend ist jedenfalls, daß er in der Erstfassung der »Galeere« von 1913 auf Seite 17 einmal irrtümlich den eigenen Vornamen Ernst statt Erik stehenließ – erst in der späteren Version tilgte er diesen verräterischen Lapsus.

Den Schauplatz der Handlung, das schon in »zwielichtige, sich auflösende Farben getauchte Wien vor dem Ersten Weltkrieg«, wie es der Schriftsteller und Kritiker Friedrich

Walter charakterisierte, hat Weiß gut gekannt, denn in der österreichischen Hauptstadt studierte er vom Wintersemester 1902/3 an – mit dreisemestriger Unterbrechung in Prag – bis zu seiner Promotion am 4. Juli 1908 Medizin. Die Stadt und ihre Umgebung spielen nicht nur in atmosphärischer Hinsicht eine Hauptrolle, sie geben vielmehr den beziehungsreichen Hintergrund zum Scheitern des Protagonisten ab, das seinerseits das Scheitern des kränkelnden Vielvölkerstaats präfiguriert.

Wie das Werk entstand, hat Weiß in dem schon zitierten Brief an Stefan Zweig ausführlich dargelegt: »Ich schrieb das Buch in Berlin, unter dem ersten, fast betäubenden Eindruck von Berlin, nachdem ich ein Jahr lang von Wien und den Wienern und Wienerinnen abwesend war, und wie weit abwesend! Denn dieses Jahr hatte ich ganz dem Studium meiner Lieblingswissenschaft, der Chirurgie, hingegeben, Tag und Nacht an Operationstischen, über dem Mikroskop, am Krankenbett verbracht. Nun war mir plötzlich die Möglichkeit, Chirurg zu werden, genommen. Berlin stürmte auf mich ein; ich wollte schreiben und schrieb. In vier knappen Wochen war das Buch fertig.«

Auch eine eigene Interpretation seines Erstlingswerks hat Weiß geliefert, und zwar in einem Brief aus dem Jahr 1912 an den Religionsphilosophen Martin Buber, mit dem er früh Verbindung aufgenommen und den er um Förderung seiner schriftstellerischen Arbeit gebeten hatte. Es heißt dort: »Die Grundidee war eine Art in sich geschlossenen Kreises, ein Ring, wie die Chemiker den Benzolring sich vorstellen. Es sind Menschen aneinander gebunden. Mutter und Vater. Mutter und Sohn. Der Sohn an die Geliebte. Die Geliebte an ihre Schwester. Das ist die Convention. Diese Convention verpflichtet. Diesen Verpflichtungen werden die Menschen untreu; jeder von ihnen nimmt dem Partner seinen Anteil an Liebe, Sorge und Zärtlichkeit und gibt ihn einem Dritten. (...) Jeder glaubt zu betrügen und wird betrogen. Nicht allein die ›freie Liebe‹ des Durchschnittsmenschen Helene wird bankerott. Auch die freie Liebe der Mutter zu ihrem Kind, die freie Liebe des Helden zu seiner Wissenschaft. An den unerfüllten Hoffnungen ziehen die Menschen einer den anderen hin. Das ist der Sinn der Schlußszene, in der Vater und Mutter sich küssen, daß endlich der Anfang gemacht wird zu einer gerechteren Verteilung von Glück und Unglück im Leben, soweit diese Verteilung durch den Willen, durch Gut und Böse im Menschen selber, überhaupt möglich ist. Der Held ist der stärkste von allen, er ist der brutalste Egoist. Er nimmt nicht Anteil an den andern. Fremdes Leid kann ihm nicht schaden. Nun zu zeigen, daß dieser Egoismus tragisch werden kann, daß diese anfangs so praktische und erfolgreiche Vereinsamung schließlich ein Zwang wird, dem er nicht mehr entrinnen kann, als in den Tod, das war die zweite Idee, die ›herauskommen‹ sollte.«

In der »Galeere« sind schon viele Themen und Motive der späteren Bücher von Weiß versammelt: Da ist etwa das Schwanken des Helden zwischen zwei Frauen (»Der Kampf«), seine ungewöhnliche berufliche Fixierung (»Georg Letham«) oder die fast sklavische Bindung an die Familie (»Der arme Verschwender«). Da spielt die Musik – wie im »Kampf« – eine bedeutende Rolle, da ist der Röntgenologe Erik Gyldendal schon ein Vorläufer jener Arztgestalten, die in den späteren Romanen von Weiß im Mittelpunkt des Geschehens stehen werden.

Auf die Zeit der Entstehung hingegen, während welcher Weiß zweifellos unter dem unmittelbaren Eindruck des »Jungen Wien« und insbesondere Arthur Schnitzlers stand, weist etwa der schwedische Name der Hauptfigur und die

Charakterisierung der russischen Geliebten Dina Ossonskaja: Allein an diesen beiden scheinbar geringfügigen Indizien wird die überragende Stellung der skandinavischen und russischen Erzähler nach der Jahrhundertwende noch einmal deutlich.

III

Sehr bemerkenswert ist die Publikationsgeschichte der »Galeere«. In einem der wenigen autobiographischen Texte, die Weiß verfaßt hat, heißt es nach einem Abdruck in der Zeitschrift »Die literarische Welt« aus dem Jahre 1927 dazu: »In dieser Zeit, da von 23 Verlegern kein einziger mein Buch annehmen wollte, ich in meinem ärztlichen Beruf mit jedem Tage die Abnahme meiner Kräfte fühlte – entschloß ich mich, um mein Leben zu retten, oder das, was davon noch übrig war, den Beruf, an dem ich mit allem hing, dem ich aber doch nicht gewachsen war, aufzugeben, den Lebenskampf in der Literatur aufzunehmen (...) Freunde verschafften mit eine Stelle als Schiffsarzt auf dem Schiffe ›Austria‹ des österreichischen Lloyd, mit dem ich über Port Said nach Indien und Japan reisen sollte. Kurz vor der Abreise erhielt ich die Nachricht, daß die vier größten Verleger Deutschlands: Fischer, Wolff, Müller, Rüttgen & Loening, mein Buch, das sie vorher durch drei Jahre abgelehnt hatten, jetzt gleichzeitig annahmen. Ich wählte Fischer und fand nach meiner Rückkehr das Buch gedruckt.«
Für die Erstausgabe der »Galeere«, die nach der ungewöhnlichen Odyssee des Manuskriptes schließlich 1913 bei S. Fischer herauskam, dem damals führenden belletristischen Verlag, wurde ein Titelblatt des berühmten Buchge-

stalters E. R. Weiß benutzt, das bereits für Hesses Aufzeichnungen »Aus Indien« Verwendung gefunden hatte. Der Roman erschien in einer Auflage von 1000 Exemplaren; eine leicht veränderte Ausgabe wurde im Herbst 1919 – ebenfalls von S. Fischer – in 8000 Exemplaren neugedruckt. Die endgültige Textfassung, die sich gegenüber der Erstausgabe durch Tilgung kleinerer sprachlicher Inkonsequenzen und geringfügige Glättungen auszeichnet, wurde 1927 als 17. Band in der Reihe der »Gelben Ullstein-Bücher« zum Preis von einer Mark veröffentlicht. Dieser letzten Ausgabe folgt der vorliegende Band.

Peter Engel

Zeittafel

1882 am 28. August wird Ernst Weiß als zweiter Sohn des jüdischen Tuchhändlers Gustav Weiß und seiner Frau Berta, geb. Weinberg, in Brünn/Mähren geboren.

1886 am 24. November stirbt sein Vater.

1902 am 11. Juli Reifeprüfung am 2. deutschen Gymnasium in Brünn.

1908 Nach zehn Semestern Medizinstudium (zwei vorklinische Semester in Prag) promoviert Weiß am 4. 7. in Wien. Danach ärztliche Tätigkeit an der Klinik Theodor Kochers in Bern und bei Geheimrat August Bier in Berlin.

1911 Rückkehr nach Wien. Anstellung in der chirurgischen Abteilung des Wiedener Spitals unter Prof. Julius Schnitzler (einem Bruder des Schriftstellers Arthur Schnitzler).

1912/13 Nach einer Lungenerkrankung tritt Weiß die Stelle eines Schiffsarztes auf der »Austria« des Österreichischen Lloyd an, ein Schiff, auf dem er bis nach Indien und Japan gelangte.

1913 *Die Galeere,* sein erster Roman, die Geschichte eines Strahlenphysikers und Röntgenologen, erscheint bei S. Fischer, Berlin. Erste Bekanntschaft mit Franz Kafka. Umzug nach Berlin.

1914 Einberufung in das k. u. k. Landwehrinfanterieregiment Linz und Dienst als Regiments- und Chefarzt in der Etappe und an der Ostfront.

1916 erscheint sein Roman *Der Kampf* bei S. Fischer, Berlin. Die Korrektur der Druckfahnen dieses Buches besorgte er im Sommer 1914 gemeinsam mit dem ihm befreundeten Franz Kafka. Eine Neufassung dieses Buches erschien 1919 unter dem Titel *Franziska* in »Fischers Bibliothek zeitgenössischer Romane«.

1918 Im Januar erhält Weiß das Goldene Verdienstkreuz der Tapferkeitsmedaille.
Tiere in Ketten. Roman, erscheint bei S. Fischer, Berlin.
Das *Versöhnungsfest.* Eine Dichtung in vier Kreisen, erscheint in der Zeitschrift »Der Mensch«; 1920 als Buch bei Georg Müller, München.

1919 Der Roman *Mensch gegen Mensch* erscheint im Verlag Georg Müller, München. Weiß arbeitet in Prag von Oktober 1919 bis September 1920 in der Chirurgie des Allgemeinen Krankenhauses.
Am 11. Oktober erlebt er im Deutschen Landestheater Prag die Premiere seines Dramas *Tanja,* das begeistert aufgenommen wird. Die Titelrolle spielt seine Geliebte Rahel Sanzara. *Tanja.* Drama in drei Akten, erscheint im Genossenschaftsverlag, Wien/Leipzig.

1920 *Stern der Dämonen.* Erzählung, erscheint im Genossenschaftsverlag, Wien/Leipzig, ein Jahr später bei Georg Müller als bibliophile Ausgabe.

1922 *Nahar*. Roman, erscheint bei Kurt Wolff, München.

1923 *Hodin*. Erzählung, erscheint im Verlag H. Tillgner, Berlin. Uraufführung der Tragikomödie *Olympia* im Berliner Renaissancetheater, deren Buchausgabe im Verlag Die Schmiede, Berlin, erscheint.

Atua. Drei Novellen, erscheinen bei Kurt Wolff, München.

Die Feuerprobe. Roman, erscheint mit Radierungen von Ludwig Meidner im Verlag Die Schmiede, Berlin.

1924 *Der Fall Vukobrankovics*. Kriminalreportage, erscheint im Verlag Die Schmiede, Berlin.

Daniel. Erzählung, erscheint im Verlag Die Schmiede, Berlin.

1925 *Männer in der Nacht*. Roman (um Balzac), erscheint im Propyläen Verlag, Berlin.

1928 *Boëtius von Orlamünde*. Roman (spätere Auflagen unter dem Titel *Der Aristokrat)*, erscheint bei S. Fischer, Berlin, wird mit dem Adalbert-Stifter-Preis ausgezeichnet und erhält die Silbermedaille der Olympiade von Amsterdam.

Die Essaysammlung *Das Unverlierbare* (Meiner Mutter gewidmet), erscheint bei Ernst Rowohlt, Berlin.

Dämonenzug. Fünf Erzählungen (Stern der Dämonen, Die Verdorrten, Franta Zlin, Marengo, Hodin). Erscheint im Ullstein Verlag, Berlin.

1931 *Georg Letham*. Arzt und Mörder. Roman. Erscheint bei Zsolnay, Wien.

1933 Anfang des Jahres kehrt Weiß nach über zehnjährigem Berlinaufenthalt nach Prag zurück, um seine 1934 sterbende Mutter zu betreuen.

1934 *Der Gefängnisarzt oder Die Vaterlosen*. Roman, erscheint im Verlag Julius Kittls Nachf., Mährisch-Ostrau.

Nach dem Tode seiner Mutter emigriert Weiß nach Paris und fristet mühsam u. a. als Mitarbeiter der Emigrationszeitschriften »Die Sammlung«, »Das neue Tage-Buch«, »Maß und Wert« etc. sein Leben, zuweilen unterstützt durch Zuwendungen von Stefan Zweig und Thomas Mann.

1936 *Der arme Verschwender*. Roman (Für Stefan Zweig), erscheint im Querido Verlag, Amsterdam.

1938 *Der Verführer*. Roman (Thomas Mann gewidmet), erscheint im Humanitas Verlag, Zürich.

Für einen literarischen Wettbewerb der »American Guild for German Cultural Freedom« reicht Weiß erfolglos seinen Hitler-Roman *Der Augenzeuge* ein, dessen erste Fassung postum erst 1963 unter dem Titel *Ich, der Augenzeuge* (im Verlag Kreißelmeier, Icking/München) erscheinen kann.

1940 am 15. Juni, dem Tag nach dem Einmarsch der deutschen Truppen in Paris, nimmt Ernst Weiß sich das Leben.

Ernst Weiß
im suhrkamp taschenbuch

Der arme Verschwender

Roman

st 3004. 512 Seiten

Die Geschichte eines Menschen, der sein Möglichstes tut und dennoch auf der Strecke bleibt, ist einer der wirklich bedeutenden Arztromane der deutschen Literatur.
»Ein schönes, charakteristisches Beispiel österreichischer Dichtung, ein Werk von bewundernswerter künstlerischer Diskretion und melancholischer Tiefe des Lebensgefühls.« *Thomas Mann*

Der Augenzeuge

Roman

st 3122. 304 Seiten

Die Geschichte eines Arztes, der Ende des Ersten Weltkrieges den psychisch gestörten Adolf Hitler heilt und so unwissentlich dessen spätere Karriere ermöglicht.

Die Galeere

Roman

st 784. 208 Seiten

Das Buch handelt von einem jungen Strahlenphysiker, der an die Galeere seines Ehrgeizes, eine gestörte Mutterbeziehung und die egozentrische Bindung an drei Frauen gefesselt ist. »Man muß durch das Konstruktive, welches den Roman, wie ein Gitter, überall rundherum umgibt, den Kopf einmal durchgestreckt haben, dann sieht man das Lebendige wirklich bis zum Geblendetwerden.« *Franz Kafka*

NF 230/1/6.00

Der Gefängnisarzt
Roman
st 794. 376 Seiten

»Ein Querschnitt durch die Hölle der Nachkriegs- und Inflationszeit; es ist eine Welt von Schiebertum, Spielbank, Verbrecherwesen, Kokain und Tanzdielen, dazu als Gegenwelt die Reste des braven Bürger- und Beamtentums, moralisch leidlich intakt, aber geistig eng und verhetzt ... ein sehr dichtes, sorgfältiges Gewebe naturalistischer Einzelschilderungen.« *Hermann Hesse*

Georg Letham
Roman
st 793. 512 Seiten

»Der Roman ist wohl die bedeutendste Seelendurchwanderung, Weiß gestaltet ein großes Thema, die Sühne des Einzelverbrechers an der Menschheit. Wie sich dieser Letham immer mehr aus der frevlerischen Hybris seines Ich löst und zum reinen Sachwalter des humanitären Gedankens wird, dies ist schlechthin großartig dargestellt.« *Die Neue Rundschau*

Franziska
Roman
st 785. 231 Seiten

»Der Beruf und die private Neigung, die Musik und die Liebe – so ließe sich das Thema dieses Buches andeuten. Erzählt wird die Geschichte der Karriere einer Pianistin, einer jungen Frau aus ärmlichen Verhältnissen, die von Ehrgeiz besessen ist.« *Marcel Reich-Ranicki*

NF 230/2/6.00